KB136998

# 35세의 인생대역전

국립중앙도서관 출판시도서목록(CIP)

35세의 인생대역전 : 재일교포 3세 CEO 아사쿠라식
영업 전략 / 아사쿠라 치에코 지음 ; 이봉노 옮김. -- 인
천 : 북뱅크, 2005
    p. ;   cm

원서명: 「私」が體當たりでつかんだ「人生大逆轉!」の極
意 : 35歳から成功した「朝倉流」營業力
ISBN 89-89863-35-X 03830 : ₩9000

326.1604-KDC4
658.8002-DDC21                    CIP2005000775

재일교포 3세 CEO 아사쿠라식 영업 전략

# 35세의
# 인생대역전

아사쿠라 치에코 Chieko Asakura 지음 | 이봉노 옮김

북뱅크

# 소설처럼 재미있는 영업 이야기

김숙(소설가/번역작가)

이 책을 읽는 동안 『소설처럼 아름다운 수학 이야기』라는 책을 무척 흥미있게 읽었던 기억이 나, 추천의 말에 〈소설처럼 재미있는 영업 이야기〉라는 제목을 달았다.

추천의 말은 그 분야의 권위자나 그 분야에서 성공한 사람들이 쓰는 것이 일반적임에도, 전혀 문외한인 나에게 추천의 말을 써달라고 한 까닭을 나는 이 책을 한 번 읽자마자 깨달았다. '인생이라는 직장'에 다니고 있는 우리 모두가 이 책의 독자이기 때문이다.

영업 일선에서 열심히 뛰고 있는 세일즈맨은 물론, 새로운 사업을 시작하려는 사업가, 창업을 꿈꾸는 가정주부, 대학 졸업 후 취업을 준비하는 학생 그리고 교육관계자나 예술가 등에 이르기까지 이 책은 삶의 한 지점 한 지점에서 구체적 목표를 세우는 데 도움을 주고 한껏 격려한다. 문외한인 나조차도 이 책을 통해 힘과 용기를 얻을 수 있었으니 이 분야에 종사하는 사람들에게는 실용서 이상의 가치가 충분하리라 생각한다.

그래서 나는 내가 아는 혹은 모르는 많은 사람들에게 이 책을 꼭 한 번 읽어보라고 하고 싶다. 행복한 미래를 꿈꾸는 당신이라면, 이 얄팍한 한 권의 책이 그 꿈을 가능하게 해줄 것이다. 그리고 무엇보다 자신을 사랑하게 된다는 것이 이 책이 당신에게 주는 가장 커다란 선물이다.
좋은 책을 읽고 감동해서 당장 저자를 만나러 갔던 열정에 넘치는 그녀처럼 나도 이 책의 저자 아사쿠라 치에코를 만나러 갈 것이다. 그것은 내 인생에 또 하나의 커다란 선물이 될 것이 분명하므로.

이 책을 선택한 당신을 위해 책의 매력을 짚어본다면,

우선, 이 책은 쉽다.

시성 두보는 시를 쓰고 나면 반드시 산 초입에 앉아 떡을 팔고 있는 할머니에게 내려가 읽어주었다고 한다. 떡장수 할머니가 고개를 끄덕이면 만족하였으나 그렇지 못하면 몇 번이고 고쳐 썼다고 하는데, 어느 정도 과장된 이야기일 수는 있겠지만 그 이야기가 시사하는 바가 크다. 이 이야기는 내 글쓰기에 하나의 좋은 지침이 되었다. 무릇 글이란 누가 읽어도, 하물며 떡을 파는 노인이 읽어도 이해할 수 있는 글이어야 한다는 것이다. 더욱이 독자를 의식하고 쓰는 글이라면 쉬워야 한다. '한 번 거절당한 고객이라도 기회는 얼마든지 있다' (p.39), '화분이 시들어 있는 회사는 일찌감치 포기하라' (p.109) 이렇게 이해하기 쉽게 이야기하기 때문에 이 책은 처음부터 끝까지 술술 읽힌다.

둘째, 이 책은 재미있다.

어떤 종류의 책이든 독자를 끝까지 재미있게 끌고 가야 할 의무가 저자에게 있다고 나는 생각한다. 한번 손에 잡으면 재미있는 소설을 읽듯 손에서 놓기 힘들다는 것도 이 책의 커다란 장점 중 하나이다. 한국 국적을 가졌다는 이유만으로 집단따돌림을 당하고 있는 후배들을 위해 결투를 한 중학교 시절의 무용담에서부터, 한국 국적 때문에 변호사와 스튜어디스의 꿈을 펼치기도 전에 접어야 했던 아픈 기억, 남편의 빚을 갚기 위해 신던 구두까지 내다팔아야 했던 경험담도 이 책의 재미를 더하는 양념이다. 그러므로 이 책의 첫 장에 나오는 '비즈니스에서 사람이 좋다는 말은 악이다' (p.18) 라는 말을 흉내 내어 말하자면, '독자를 사로잡지 못하는 책은 악이다.'

셋째, 군더더기가 없이 명쾌하다.

저자 아사쿠라 치에코의 성격을 단숨에 파악할 수 있을 만큼 저자는 요점을 명쾌하게 짚어준다. 내용이 아무리 그럴 듯해도 같은 말을 반복하는 저자는 독자를 짜증나게 한다. 또 독자가 못 알아들을까 일일이 부연설명하는 지나친 친절형의 저자는 독자를 불쾌하게까지 한다. 이 책의 저자는 구질구질하게 설명을 보태지 않는 대신 짤막하고 이해하기 쉬운 에피소드를 넣어 한 마디로 이야기한다. '프러포즈는 두 번째 데이트 때 하라'(p.28), '30분은 몰라도 12분이면 만나준다'(p.73), '갑작스럽게 약속이 취소되면 절호의 기회로 여겨라'(p.123), '좀처럼 실적이 오르지 않는다면 외모를 바꾸어 보라'(p.177), '유능한 사람일수록 가방이 작다'(p.189), '호락호락하지 않은 영업사원이 되라'(p.101)고.

넷째, 이 책은 솔직하고 당당하다.

어설픈 노림수로 에두르지 않고 정면 승부를 한다는 것이 저자가 가진 최대의 영업 전략이며 영업 미학이다. 영업사원이라도 연신 굽신거리지 말고 'VIP처럼 당당하게 행동하라'(p.165)는 것이 그녀의 주문이다. 특히, 남자 고객에게 여자임을 이용하여 계약을 따내려는 엉뚱한 속셈을 가지고 있는 세일즈우먼에게는 그것은 오래 가는 영업이 될 수 없을 뿐더러 따낸 계약도 보잘것없다는 사실을 부드러우면서도 단호하게 경고한다. 또, 여자라는 사실만으로 얕잡아보고 얄팍한 제안을 하는 고객에게 그녀는 한 마디로 잘라 노라고 말할 줄 안다. 그러면서 그녀는 '고객의 수준은 바로 당신 수준이다'(p.34)라고 엄하게 한 마디 던진다.

다섯째, 이 책은 부드럽고 따뜻하다.

그녀에게는 성공한 사람들에게서 보기 쉬운 뻣뻣함이 없다. 그렇지만 그녀에게는 혼이 담긴 부드럽고 따뜻한 카리스마가 있다. 그녀만의 부드럽고 따뜻한 카리스마는 어떤 어려운 상대라도 녹일 수 있다. 좀처럼 마음을 열지 않는 고객조차 결코 무언가를 빼앗겼다는 생각이 들지 않고, 나아가 대단한 것을 얻었다는 기분으로 계약을 할 수 있게 한다. 그러므로 그녀는 '좀처럼 공략되지 않는 사람을 공략하라' (p.105)고 자신 있게 말할 수 있는 것이다. 갓 영업에 입문한 초보 세일즈맨으로서는 가능하지 않은 숙련된 기술이겠지만, 자신이 좋아하는 일이 아니고서는 이 기술을 발휘하는 것은 불가능하다. 그녀는 말한다. '자신이 좋아하지 않는 상품은 잘 팔 수 없다' (p.81), 그러므로 '상품이 아니라 꿈을 팔아라' (p.23) 고.

끝으로, 이 책은 희망 바이러스다.

이 책을 읽은 사람은 누구나 희망이라는 행복한 병에 감염되고 만다. 그녀는 실패 투성이인 자신의 인생을 솔직하게 보여주면서 '실패했다고 해도 잃을 건 아무것도 없다' (p.221)고 말한다. 자기 자신이 선택한 것이므로 남을 탓하고 앉아 있어봤자 불행의 악순환에서 영원히 벗어날 수 없다. 한국 국적을 가지고 있다는 이유만으로 불이익을 당했음에도 그녀는 '남과 과거는 바꿀 수 없다' (p.246)고 말하면서 역으로 자신과 미래는 얼마든지 바꿀 수 있다는 사실을 조용히 그러나 힘주어 말한다.

그녀의 나직하지만 당당한 목소리에 귀 기울이는 동안 당신의 온몸이 강한 플러스적 에너지로 꽉 들어차는 것을 느낄 수 있을 것이다. 책을 덮는 순간 그 넘치는 에너지를 바로 일로 전환시킬 수 있다면 당신은 운이 좋다.

나는 이 책을 읽고 곧바로 내 '인생'이라는 영업 현장에 180도 달라진 나를 투입시켰다. 이제 나는 혼신의 힘을 쏟아 승부를 시작할 것이다. 늦었다고 생각할 때가 가장 빠르다는 평범한 말을 진리의 등대로 삼아.

이 책과 만난 나는 대단히 운이 좋다!

나는 지금까지 인생을 결코 정공법으로만 살아오지는 않았다고 생각합니다.

초등학교에 근무한지 3년 만에 결혼을 하고 아이를 낳기 직전까지 4년 반 동안 교단에 섰으며, 그 후 학교를 그만두고 사회보험 노무사사무소와 세무사사무소에서 근무하다가 결혼 9년 만에 다시 독신으로 돌아왔습니다.

그 동안 나는 평범한 주부로 세상이 어떻게 돌아가는지 제대로 알지도 못한 채 틈틈이 일을 해 왔습니다. 그러다가 갑자기 당장 먹고 살 일을 걱정해야 할 정도로 막다른 골목까지 몰린 끝에 뛰어든 영업이라는 세계.

처음에는 먹고살기 위해 길거리에서 샐러리맨들을 상대로 모자나 넥타이, 시계 등을 팔아 생활을 꾸려 나갔지만, 그 무렵 나쁜 사람에게 속아 넘어가 다시 무일푼 신세가 되고 말았습니다. 그 후 증권 파이낸스 회사에서 전혀 경험도 없는 주식매매 일을 시작하였는데, 그 때는 전화 한 통화로 억 단위의 돈을 움직이는 날들의 연속이었지요. 그러다가 초보자의 행운이라고나 할까요, 아무것도 모르는 게 오히려 도움이 되어 우연히 대박을 터뜨리게 되었고 회사 총 매출의 80%를 내 손으로 해낸 적도 있었습니다.

그러나 결국에는 스스로가 그 주식으로 수천만 엔의 빚을 지는 신세가 되었고, 친정이 있는 오사카로 돌아갈 차비도 없을 정도로 다시 깊은 수렁에 빠지고 말았던 것입니다.

벼랑 끝에 몰린 심정으로 어떻게든 정사원으로 채용해 줄 회사를 찾아 닥치는 대로 입사시험을 보았지만, 35살 이혼녀로 영업에 대한 경험이 전혀 없는 나를 받아줄 회사는 어디에도 없었습니다.

'이젠 끝이구나' 하는 생각이 들었습니다. 그런데 이번에도 떨어지면 친구가 운영하는 스낵바에서 마담으로 일할 작정으로 마지막이라고 생각하고 사원교육연구소에 지원해서 시험을 치렀는데, 그 연구소가 나를 받아들여 합격을 시켜 주었던 것입니다.

나는 그때 맹세했습니다. 나를 떨어뜨린 리쿠르트를 비롯한 엘리트 집단으로 하여금 대어를 놓쳤다는 사실을 깨닫게 해주기 위해서라도 반드시 아무도 넘볼 수 없는 톱 세일즈우먼이 되어 보이겠다고 말입니다.

내가 과연 생판 모르는 회사를 찾아다니며 인재교육 세미나를 판매할 수 있을까?

나에게는 한가하게 그런 생각을 하고 있을 여유가 전혀 없었습니다. 3

년 안에 톱 세일즈우먼이 되겠다고 스스로 다짐하고 이를 공언한 이상 그렇게 되는 것 외에는 다른 길이 없었으니까요.

영업의 '영' 자도 모르는 완전 초보에게 그게 가능한 얘기냐며 비아냥 거리는 사람들도 많았지만, 그런 사람들일수록 전혀 도움도 되지 않는 영업 매뉴얼에 매달리며 실적이 오르지 않는 것을 남의 탓으로만 돌립니 다. 불평불만만 늘어놓는 사람 치고 성공한 사람을 본 적이 없으니까요.

아무리 초보라 하더라도, 아무리 깊은 수렁에 빠졌다 하더라도, 또 아 무리 벼랑 끝에 몰렸다 하더라도 누구나 기사회생할 수 있는 길이 있다 는 사실을 나는 확신하고 있었던 것입니다.

이 책에서는 자기 능력에 따라 성과가 좌우되는 영업이라는 일을 하면 서 내가 어떻게 좋은 결과를 얻고 성공할 수 있었는지 그 비법을 알려 드 리도록 하겠습니다. 이 글은 어떠한 역경이라도 굳건하게 극복하고 인생 을 대역전시키기 위하여 내가 실제로 겪은 체험을 바탕으로 쓴 황금률 (黃金律)인 것입니다.

모쪼록 재미있게 읽어주세요. 그리고 스스로의 가능성을 믿고 도전해 보시기 바랍니다.

아사쿠라 치에코

# CONTENTS

# 내 상품을 사달라고
# 솔직하게 말하라

## 01

# 비즈니스에서 사람이 좋다는 말은 악(惡)이다

'그 회사 영업사원은 사람이 참 좋아.'

고객들로부터 이런 소리를 들으면 여러분은 마땅히 기분나빠해야 합니다. 왜냐하면, 영업 세계에서 사람이 좋다는 말은 결코 칭찬이 아니기 때문이지요.

연애를 할 때 좋은 사람이란 법 없이도 살 수 있는 한없이 착하기만 한 사람을 말합니다.

오랫동안 전화 상대를 해주는 좋은 사람은 그 업무의 책임자가 아니라 생색만 내는 사람일 뿐입니다.

그리고 영업사원으로서 사람이 좋다는 이야기는, 극단적으로 말하자면, 적당히 대해 주면 되는 사람 취급을 받고 있다고 해석할 수 있습니다.

내가 왜 이렇게까지 사람 좋다는 말을 혐오하느냐 하면, 사람이 좋다는 소리를 듣는 영업사원이란 결국 일을 똑 부러지게 하지 못하는 사람들이 대부분이기 때문입니다.

무슨 일이 있더라도 계약을 성사시키겠다는 굳은 결의가 있다면 거래처를 방문하여 세상 이야기에 꽃을 피우는 식으로 한가롭게 영업을 할 수는 없겠지요. 그런 사람에게 '그럼, 모든 경비를 당신이 부담해서 해보라'고 하면 그렇게는 하지 못할 것입니다. 그러므로 실적을 올리지 못하는 영업사원은 무책임하다고 해도 과언이 아닙니다. 교통비에 접대비에 전화비에, 어쨌든 실적도 없으면서 경비를 많이 쓰니까요.

그런데도 그런 사람들은 언제나 입버릇처럼 열심히 노력하고 있다고 합니다. 그러나

"그렇다면 결과는 나왔나요?"

하고 물어보면,

"아뇨, 아직 없습니다."

라고 대답하지요.

비즈니스의 세계에서는 결과가 없으면 아무 일도 하지 않은 것이나 마찬가지입니다.

일을 게을리한다면 결과가 나오지 않는 것은 당연하지만, 열심히 노력하는데도 결과가 나오지 않는 사람은 사실 감각이 둔한 사

람입니다. 하지만 나름대로 열심히 하기 때문에 회사로서는 그만
두게 할 수도 없습니다. 그건 너무 야박한 일이지요.

영업을 할 때는 착한 사람이 될 필요가 전혀 없습니다. 오히려
나는 다소 뻔뻔스러울 정도가 돼야 한다고 생각합니다.

"저 슈퍼우먼이 또 왔네."

이런 이야기를 듣는다면 그 사람은 제대로 자기 몫을 하는 사람
이라고 할 수 있습니다.

하지만 상대방에게 불쾌감을 주는 행위는 어떤 경우이든 자신에
게 마이너스가 되므로 너무 뻔뻔스럽다는 인상을 주지 않도록 표
현을 조심해서 구사해야 합니다.

예를 들어, 상담에 대한 결론(고객에게 최종 결단을 촉구하는 행위)
을 내릴 때 '와, 사원연수요? 그거 괜찮은데요.' 하고 상대방이 흥
미를 보이면 이런 식으로 밀어붙여야 합니다.


"방금 괜찮다고 하는 아주 반가운 말씀을 해주셨는데요."
"만약 도입한다고 하면 어떤 종류의 연수를 희망하시는지요?"
"그렇다면 다음에 올 때 기획서를 가져와 볼까요?"
"만약 그 기획이 통과되면 시기는 언제쯤이 될까요?"


아직 결정된 게 아니니까 상황을 보아 가면서 추진하는 것이 아
니라, 반드시 연수를 하게 되어 있다는 전제 하에 이야기를 이끌어

나가지 않으면 안 됩니다. 그렇게 확고한 신념을 가지고 상대방을 대해야 합니다.

착한 사람은 그런 사기꾼 같은 일은 하지 못하겠다고 망설일지도 모르지만, 여러분은 특별히 남을 속이는 것이 아닙니다. 여러분이 먼저 꽁무니를 뺀다면 고객들은 절대로 여러분의 제안을 받아들일 생각이 들지 않을 것입니다.

이렇게 나름대로 압박해 나갔는데도 만약 상대방이 '아뇨, 아직 거기까지 생각해 보지는 않았어요.' 하는 식으로 나온다면 이는 전망 등급이 C, '위에서 결재만 떨어진다면 8월 말까지는 해야겠죠.' 하고 나온다면 전망 등급이 B급이라고 생각해볼 수 있겠지요. 이런 식으로 마음속으로 예상 고객에 대한 등급을 매겨 나가야 합니다. 그런데 마음씨 착한 사람은 그렇게까지 몰아갈 용기가 나지 않아 늘 시시콜콜한 이야기만 나누다가 끝나고 말지요.

외모가 깔끔하고 느낌도 좋고 효성도 지극하고 다른 사람들에게 호감을 주며 게다가 친절하기까지 하다면 원래는 상품이 잘 팔려야 합니다. 그런데도 실적이 오르지 않는다면 그것은 죽기 살기로 팔려는 노력을 하지 않기 때문입니다. 역시 프로 근성이 부족하다고 밖에 할 수 없지요.

그러므로 여러분은 비즈니스를 할 때 절대로 마음씨 착한 사람이 되어서는 안 됩니다. 비즈니스에 있어 착한 사람은 있어도 좋고 없어도 좋은 존재가 아니라 회사에 해를 끼치는 존재라는 사실을 확실하게 인식하시기 바랍니다.

Point

상황을 보아 가면서 추진하는 것이 아니라, 반드시 계약을 하게 되어 있다는 전제 하에 확고한 신념을 가지고 상대방을 대해야 합니다. 당신이 먼저 꽁무니를 뺀다면 고객들은 절대로 당신의 제안을 받아들일 생각이 들지 않을 것입니다

# 02

## 상품이 아니라 꿈을 팔아라

한 쌍의 연인이 도쿄 디즈니 시(Disney Sea)에 구경을 갔는데, 여자가 다리 위에서 연못을 내려다보다가 소중한 귀고리를 물속에 빠뜨리고 말았습니다. 어쩔 줄 몰라 하는 여자를 보고 달려온 공원 직원에게 사정을 이야기하자, 그 직원은 여자의 휴대전화 번호를 알려달라고 하였습니다.

잠시 두 사람이 공원 안을 돌아다니고 있자니 아까 그 직원으로부터 귀고리를 찾았다는 전화 연락이 왔습니다. 여자가 어떻게 찾았느냐고 묻자 돌아온 대답은 이러했습니다.

"아시다시피 이곳은 마법의 나라니까요."

재치 있는 대답이지요. 사실은 수중 다이버가 연못 속으로 들어가 귀고리를 찾아냈겠지요. 그런데도 그들은 그렇게 무미건조하게 설명하지 않고 마지막까지 손님에게 꿈을 꾸는 듯한 신비로움을 느끼게 해주었는데, 바로 이런 것이 일류 고객서비스라고 생각합니다.

영업도 앞으로는 상품을 파는 것이 아니라 꿈을 파는 시대가 될 거라고 나는 확신하고 있습니다. 더구나 그 꿈은 구체적이면 구체적일수록 좋겠지요.

예를 들어, 한 고객이 집을 사려고 하는데 그 집에 아이가 있는 경우 부모는 분명 아이들을 가장 우선적으로 배려하여 집을 찾을 것입니다. 따라서 집을 팔기 위해서는 바로 그런 점을 자극해야 합니다.

즉, '해마다 이 기둥에 자녀의 키가 커 나가는 것을 기록해 놓을 수 있어요. 이런 재미는 단독주택이 아니면 맛볼 수 없지요.' 하는 식으로 말을 건네 봅니다. 이런 말 한 마디에 '랄랄라~, 기둥~에 새겨진 표~시는 우리 아기 재자악년의 키~' 하고 노래를 부르듯 단란한 가족의 일상생활 모습이 눈에 선할 것입니다.

나도 몇 년 전에 아파트를 사려고 마음먹었을 때 목욕을 하면서 텔레비전을 볼 수 있으면 얼마나 좋을까 하는 꿈이 있었습니다. 그래서 텔레비전 시설이 되어 있는 욕실이 딸린 집을 찾다가 지금의 아파트를 사기로 했던 것입니다. 이런 식으로 잠재되어 있는 꿈에 강렬한 매력을 느끼게 할 수만 있다면 이 결정적인 충동으로 인해 상품을 사게 되는 사람도 있을 수 있다는 것입니다.

"사장님, 사원여행을 한 차례 줄이고 그 비용을 사원연수에 투자해보지 않으시겠습니까? 그렇게 하면 매출이 큰 폭으로 늘어나 내년에는 전 직원이 하와이 여행을 갈 수도 있을 텐데요."

"사장님, 도쿄로 진출하시는 게 어떻겠습니까? 사장님이라면 반드시 해 낼 수 있을 겁니다. 자, 이제 한 단계 도약해 보시죠."

"3년 동안 직원 연수에 5천만 엔을 투자해 보지 않으시겠습니까?"

"지금 2천만 엔짜리 아파트를 사서 집을 늘려보지 않으시겠습니까? 그런 다음에는 1억 엔짜리를 사는 거예요."

이런 말도 고객들에게는 매력적으로 들릴 것입니다. 특히 '도쿄 진출'이나 '1억', '집을 늘린다'는 말은 경영인들의 야심을 충분히 자극할 수 있는 표현들이지요. 게다가 연수비용으로 5천만 엔을 투자하라는 이야기를 들으면 상대방은 '과연 스케일이 다르구나.' 하는 뿌듯한 느낌을 받을 것이며, 마치 거대한 프로젝트에 참여하는 듯한 가벼운 흥분을 느끼게 될 것입니다.

내 이야기가 과장된 것은 절대 아닙니다. 나는 실제로도 그렇게 믿고 있으며 그렇게 되기 위해서는 나 스스로도 만나서 손해볼 것

없는 사람, 믿을 수 있는 사람이 될 필요가 있다고 생각합니다. 꿈을 팔면서 동시에 자신도 파는 것이니까요.

갑자기 생각났는데, 옛날 터널즈[1]가 사회를 보던 '네루톤홍경단'[2]이라는 인기 TV 프로그램이 있었지요.

말하자면 집단 맞선과 같은 프로그램으로 마지막에 남자가 마음에 드는 여자에게 고백을 하는데, 이 때 '나와 사귀면 이런 특전이 있다'는 말을 하도록 미리 약속해두고 있었습니다.

그러자 '부모님이 빵집을 하시니까 매일 갓 구워낸 빵을 실컷 먹을 수 있습니다.', '공주님을 매일 안아주겠습니다.', '주말에는 벤츠로 별장까지 모시겠습니다.' 등 당장 사귀고 싶어질 만큼 솔깃한 말에서부터 도저히 특전이라고 할 수 없는 엉뚱한 말까지 다양한 제안들이 쏟아져 나오더군요.

바로 이것이 사랑의 영업행위입니다.

앞에 서 있는 남자도 중요하지만 여자들은 마음속에 잠재되어 있는 스토리도 절대 무시할 수 없지요. 이것이 바로 인간의 심리입니다. 그러므로 영업을 할 때도 그저 상품에 대한 설명만 할 것이 아니라, 그 상품을 사면 어떠한 좋은 점이 있는지 상대방이 확실하게 머릿속에 떠올릴 수 있도록 자상하게 이야기해 주는 것이 중요합니다.

1 _이시바시 다카아키와 기나시 노리타케 두 명으로 이루어진 2인조 개그 콤비.
2 _1987년부터 1994년까지 후지텔레비전 계열의 간사이 텔레비전에서 방송된 집단 맞선 프로그램.

참고로, 나 아사쿠라 치에코와 사귀면 매일 밤 술자리를 갖거나 맛있는 요리를 만들어  주는 등의 특전은 얼마든지 있지만, 현재 나름대로 독신생활을 만끽하고 있는 중이므로 사람은 구하지 않습니다. 널리 양해해 주시기 바랍니다.

**Point**

영업도 상품을 파는 것이 아니라 꿈을 파는 시대가 될 거라고 나는 확신하고 있습니다. 더구나 그 꿈은 구체적이면 구체적일수록 좋습니다. 그러므로 그 상품을 사면 어떠한 좋은 점이 있는지 상대방이 확실하게 머릿속에 떠올릴 수 있도록 자상하게 이야기해 주는 것이 중요합니다.

## 프러포즈는 두 번째 데이트 때 하라

'사랑에 빠지지 못하는 사람은 일에도 빠지지 못한다.'

누군가가 이렇게 말했지요. 요컨대, 여자에게 열성적이지 못한 사람은 일도 열성적으로 하지 못한다는 말입니다.

반면, 여자에게 열성적인 사람은 한번 사랑에 빠지면 무슨 수를 쓰더라도 상대방을 자기 사람으로 만들려고 하며 그런 성격이 일에도 반영되는 법입니다.

따라서 영업을 잘 하는 사람과 이성에게 인기가 있는 사람은 비슷한 점이 아주 많습니다. 다시 말해, 일을 하면서 성과를 올리지 못하는 사람은 결국 여자의 마음도 사로잡지 못한다는 의미이지요.

예를 들어, 여러분이 오늘 어떤 여자와 처음 만났는데 그 여자가 마음에 들었다고 합시다.

이럴 때 우유부단하고 매력 없는 남자의 경우는 상대방이 자기 이야기를 들어주기만 해도 '어쩌면 이 여자도 나를 좋아하는 것 같은데' 하는 환상을 가지게 되지요. 그래서 상대의 의중도 확인하지 않은 채 영화를 보러 가기도 하고 식사를 하러 가기도 하며 그저 그런 데이트만 계속합니다.

그러다가 스무 번쯤 데이트를 하고난 후에야 겨우 용기를 내어 '우리 사귑시다!' 하고 고백해 보지만, 그 여자로부터는 '나 사귀는 사람 있어요. 미안해요.' 라는 대답을 듣기 십상이지요.

그 남자 입장에서는 '빨리 사랑한다고 말해줘! 기다리게 하지 말고!' 하며 도리어 여자에게 화를 낼지도 모르겠지만, 모든 잘못은 자신에게 있습니다. 결론적으로 그 남자는 여자에게 프러포즈 하는 것을 두려워했던 것입니다.

고백했다가 거절당할 것을 두려워하거나 한 번 기회를 놓치면 더 이상 기회가 없다고 생각하기 때문에 미적미적 쓸데없이 데이트만 계속하게 되지요.

한편, 매력 있는 남자는 언제든지 마음을 비울 줄 알지요. 그러니까 두 번째 데이트 만에 프러포즈를 할 수 있는 것입니다. 그러다 보면, '실은 저도 당신을 괜찮은 분이라고 생각하고 있었어요.' 하는 긍정적인 대답을 듣고 본격적으로 사귈 수도 있고 어쩌면 '지금은 사귈 생각이 없어요. 미안해요.' 하고 거절당할 수도 있습니다.

하지만 스무 번째까지 질질 끌지 않고 두 번째 데이트 때 일찍 프러포즈를 하기 때문에 설사 거절을 당하더라도 열여덟 번의 쓸데없는 데이트를 하지 않아도 되겠지요. 게다가 한 여자에게 집착하지 않고 빨리 체념할 줄 아는 것도 매력 있는 남자들의 특징이라고 할 수 있는데, 못난 남자들은 그러지도 못합니다.

그러나 포기할 용기가 없는 매력 없는 사내는 언제나 사소하고 불확실한 가능성에 집착하며 마음을 비울 줄 모릅니다. 다시 말해 대어는 낚을 수 없다는 말이지요.

자, 그러면 이러한 논리를 영업에 적용시켜 보기로 하지요.

무능한 영업사원은 명확하게 결론을 내리지 못합니다. 심심풀이로 영업사원들의 이야기를 들어주고 있을 뿐 상품을 구매할 의사가 전혀 없는 고객을, 사람이 좋다느니 언젠가는 내 상품을 구매해 줄 사람이라고 제멋대로 해석하고 계속 찾아다닙니다.

그러다가 이윽고 열 번째쯤 찾아가서야 '이제는……' 하고 이야기를 꺼냈다가 '우리는 그런 상품 필요 없다.'는 거절의 대답을 듣게 되지요. 영업사원이 열 번을 찾아가건 스무 번을 찾아가건 사지 않을 사람은 어차피 사지 않습니다. 답은 이미 나와 있지요.

하지만, 무능한 영업사원은 자꾸 실낱같은 기대에 매달리려 하고 거절당하기를 두려워하기 때문에 상담에 대해 명확하게 결론을 내리지 못하는 것입니다.

그 결과 시간만 낭비하고 경비만 낭비하고 고생만 실컷 해서 마이너스만 누적되어 갑니다. 일찍 판단이 선다면 바로 다음 영업으로 전환할 수가 있을 텐데 말이지요.

반면, 유능한 영업사원은 두 번 정도 방문해 보면 상담의 성패 여부를 판단할 수 있으며, 빠른 사람은 딱 한번 찾아가 보고 바로 결론을 내립니다. 나 또한 질질 끄는 영업은 딱 질색이기 때문에 보통 두세 번 방문해 보고 결론을 내렸지요.

'살 겁니까? 안 살 겁니까?' 하고 직설적으로 묻는 것이 아니라, '이 상태로 이야기를 지속해 나가다 보면 언젠가는 서로에게 좋은 일이 생길까요?', '제가 열심히 찾아다니면 연수를 도입할 가능성이 있을까요?' 하는 식으로 모든 내용을 질문 형식으로 하는 것이 좋습니다.

자꾸 찾아감으로써 상대방의 소중한 시간을 빼앗고 나 또한 많은 시간을 투자하고 발품을 팔면서 열심히 다가서려고 애쓰고 있으므로, 이러한 노력을 헛되게 하고 싶지 않다는 진심이 상대방에게 전달되도록 해야 합니다. 따라서 '지금은 시기적으로 적당하지 않다거나 솔직히 받아들이기 어렵다면 주저하지 마시고 확실하게 말씀해 주세요. 그게 서로를 위해 좋으니까요.' 하는 식으로 말하는 것이 좋습니다.

이렇게 자기 생각을 솔직하게 이야기해 주어야 상대방도 부담을 덜 수 있습니다. 이쪽에서 먼저 이야기를 꺼내지 않으면 상대방이 거절을 하고 싶어도 할 수가 없지요. 고객 또한 결론이 빨리 나기를 기다리고 있을 지도 모르며, 또 자기 회사에서 받아들일 수 없다면 아는 사람을 소개하여 줄 수도 있는 것입니다.

어째서 두세 번 찾아간 후에 결론을 내리는 것이 좋은가 하면, 첫 번째 방문 때는 서로 경계하기도 하고 스스로를 잘 보이려고 속내를 잘 드러내지 않기 때문입니다. 하지만 두 번째 만나게 되면 상대방이 이야기에 일관성이 없는 사람인지. 처음 만났을 때와 달리 태도가 돌변하는 사람인지 대충 파악할 수 있게 되지요.

'지난번에는 기분도 좋았고 시간도 있어서 이야기를 들어 주었지만, 오늘은 무척 바쁘니까 얼른 얼른 이야기하고 돌아가 줄래요?' 하는 식으로 나오는 사람도 있습니다.

처음 만났을 때와 태도가 많이 다른 사람은 애초부터 '원래 난 당신을 만나고 싶어서 만난 게 아니야. 그저 심심풀이로 만나보자고 했을 뿐이지.' 하는 식으로 생각했을 수도 있습니다. 즉, 그 사람의 본심을 파악하고 대화가 가능해지려면 최소한 두세 번은 만나 이야기를 나누어 보아야 하기 때문에 두세 번 찾아간 후에 결론을 내리는 것이 좋다는 것입니다.

'내 눈을 똑바로 쳐다보기만 해. 아무 말도 하지 말고.' 따위의 말이 통하던 고리타분한 시대는 이미 지났습니다. '나와 사귑시다.' 하고 솔직하게 이야기하지 않는다면 자기 생각이 상대방에게 전해질 리 없지요.

영업을 할 때도 주도권은 영업사원에게 있으며 고객에게는 선택권이 있는 것입니다. 상대방의 얼굴만 바라보고 있어서는 솔직하게 고백도 하지 못하는 무능한 영업사원으로부터 영원히 벗어날 수 없지요.

**Point**

유능한 영업사원은 두 번 정도 방문해 보면 상담의 성패 여부를 판단할 수 있으며, 빠른 사람은 딱 한번 찾아가 보고 바로 결론을 내립니다. 두 번째 만나게 되면 상대방이 이야기에 일관성이 없는 사람인지. 처음 만났을 때와 달리 태도가 돌변하는 사람인지 대충 파악할 수 있게 됩니다.

## 고객의 수준은 바로 당신의 수준이다

"우리 같은 작은 회사에 똑똑한 인물이 들어올 리가 없지."

경영자가 이런 식으로 말을 하면 나는 대뜸,

"두 번 다시 그런 식으로 말하지 마세요! 사장님, 그건 스스로 자신을 깎아내리는 것이나 마찬가지예요."

하고 엄하게 주의를 줍니다.

사장이 의기소침하면 회사도 의기소침해진다.

상사가 의기소침하면 부하직원도 의기소침해진다.

여러분이 의기소침하면 고객들도 의기소침해진다.

이 말은 사실입니다. 유유상종은 아니지만 분명 고객들은 여러분을 닮아갑니다. 증권 파이낸스 회사에서 주식매매 일을 하던 무렵 나의 경우에도 그랬지요.

'요시다 씨, 건강하세요?' 라거나 '거래 한번 하시죠.', ' 협조 부탁합니다.' 하는 식의 구걸조의 영업이나 친구에게 의존하는 영업을 하는 사람은 늘 소규모 계약 밖에 따내지 못합니다.

"사장님, 지금 상황이라면 몇 주 정도 운용하실 수 있으시죠?"
"음, 만 주 정도는 살 수 있겠지."
"그럼, 3만주를 사시죠."

나의 경우는 자질구레한 이야기는 생략하고 이런 식으로 시원시원하게 진행시켜 나갔기 때문에 상대방이 나를 믿고 몇 천만 엔씩이나 되는 거금을 맡겨 주었던 것입니다. 요컨대 자잘한 영업은 하지 않았던 것이죠. 자잘한 구걸조의 영업을 하면 결국 자잘한 계약 밖에 따내지 못하는 법입니다.

상사와 부하직원 간의 이야기를 하려다보니 지옥훈련으로 유명한 사원교육연구소에 입사했을 때 내가 상사로부터 꾸지람을 들었던 일이 생각납니다.
"자네는 무슨 말을 하려는지 도무지 모르겠어."
"그래서 결국 어떻게 됐다는 거야?"
"자네는 제일 먼저 해야 할 이야기를 제일 나중에 이야기하는군."

하는 식으로 나는 자주 꾸지람을 들었습니다..

초보 영업사원이었을 무렵 나는 상사의 엄한 지도 덕분에 보고하는 방법에 대하여 상당한 훈련을 쌓을 수 있었지요.

그런 후에 나는 영어문법 식으로, '나는 했다', '무엇을' 하는 형식으로 보고를 하게 되었습니다. 비즈니스 대화는 역시 결론부터 이야기하지 않으면 상담이 신속하게 진행되지 않습니다.

그래도 그 무렵 나의 상사는 정말로 부하직원들의 이야기를 잘 들어주던 분이었는데, 아직도 그 당시의 교훈이 기억 속에 생생합니다.

그런데도 막상 내가 부하직원들을 거느리게 되자 좀처럼 그 때 그 상사처럼 직원들의 이야기를 잘 들어주게 되지 않았습니다. 예를 들면, 내가 기획서를 정리하면서 출장 준비를 하고 있을 때 한 부하직원이 다가와 이렇게 말을 건넸습니다.

"아사쿠라 계장님, 그냥 듣기만 하세요."

그 직원은 내 일손을 멈추게 해서는 안 된다고 생각했을 것입니다. 내 바쁜 사정을 고려해준 것이지요. 그런데도 나는 작업을 계속하면서,

"괜찮으니까 말해 봐."

하며 그녀의 얼굴을 쳐다보지도 않고 보고를 듣고 지시를 내렸

습니다. 더구나 도중에,

"미안해. 지금 뭐라고 했지?"

라고 되묻기까지 하면서 말이죠. 결국 나는 마지막까지 그 여직원을 한 번도 똑바로 쳐다보지도 않은 채 보고를 받았던 것입니다.

지금 생각해보면 '너 참 잘났구나!' 어째서 그 때 일손을 멈추고 부하직원을 똑바로 바라보며 이야기를 들어주지 않았을까? 하는 자괴감이 듭니다. 상대방이 이야기를 하는데 귀로 듣기만 하거나 눈으로 바라보기만 해서는 상대방이 받아들이는 느낌도 별로 좋지 않을 것이고, 또 그런 상사를 보면 부하직원들도 그대로 따라하게 되지요.

즉, 어떠한 상황에서든 상대방을 진지하게 대하려는 자세를 견지하지 못하는 사람은 결국 공적으로나 사적으로나 모두 어설픈 인간관계 밖에 구축하지 못하게 됩니다.

따라서 나는 요즈음 세미나에 참석할 때마다 상대방의 이야기를 들을 때는 상대방을 똑바로 대하고 성심성의껏 이야기를 들어주도록 지도하고 있습니다. 이렇게 하기만 해도 그 사람의 인상이 확 달라지니까요.

영업도 결국은 유행가나 마찬가지입니다. 마음속에 촉촉이 젖어드는 정열만이 사람들의 마음을 움직일 수가 있습니다. 스스로가

진지하게 고객을 대한다면 결과는 반드시 따라오게 되어 있으며,
적당히 고객을 대하면 적당한 고객 밖에 따라오지 않는 법입니다.

'거래 한번 하시죠.', ' 협조 부탁합니다.' 하는 식의 구걸조의 영업이나 친
구에게 의존하는 영업을 하는 사람은 늘 소규모 계약 밖에 따내지 못합니
다. 유유상종은 아니지만 분명 고객들은 여러분을 닮아갑니다.

# 한 번 거절당한 고객이라도 기회는 얼마든지 있다

언젠가는 상담을 하다가 마지막 결론 단계에서 내가 너무 흥분하자 상대방이 오히려 한 걸음 물러서며 태도가 소극적으로 바뀌어 버린 경험이 있습니다.

사실은 너무 열정적으로 설명을 하다가 내가 그만 울음을 터뜨렸던 것입니다.

"지금이야말로 사장님께서 달라져야 할 때입니다!"

하며 눈물로 호소했지요.

"사장님께서는 지금까지 너무나 고생을 하시고……"

"아뇨, 난 그래도 운이 좋았어요."

"사실은 그렇지 않아요."

"아니, 운이……"

하는 식으로, 내가 열을 올려 감에 따라 상대방은 오히려 점차 열기가 식어갔습니다.

　며칠 후 전화를 했는데 상대방이 있으면서도 일부러 전화를 받지 않는 것 같아 '아 이제 완전히 마음이 돌아섰구나.' 하고 생각했습니다.

　그러나 잠시 후 다시 전화를 걸어,

　"다시 찾아뵈어도 되겠습니까?"

　하고 묻자 좋다고 흔쾌히 대답해 주었고, 그렇게 해서 대규모 연수에 대한 계약이 이루어지게 되었습니다.

　게다가 그 사장님은 가서 꼭 나의 이야기를 듣고 오라며 자신의 딸을 나의 톱 세일즈 육성학교에 보내주셨습니다. 아버지로부터 소개를 받았다며 인사를 온 여자를 보니 아버지를 정말 쏙 빼닮았더군요. 나는,

　"어머, ○○사장님 따님 아니세요?"

　하고 물으니까 그렇다고 하더군요.

　사랑을 하다 보면 서로 헤어졌다가 다시 결합하는 경우가 있지요. 사람이란 망각의 동물이기 때문에 지긋지긋했던 일도 세월이 흐르면 웃으면서 이야기할 수 있게 됩니다.

　그러므로 한번 거절당한 고객이라 하더라도 곧바로 예상고객 명단에서 제외해서는 안 됩니다. 컴퓨터의 휴지통에 넣듯이 보관해

두었다가 언제든지 다시 찾아볼 수 있도록 해야 합니다.

그렇게 해 두면 전에는 거절당했다 하더라도 이번에는 받아들여지는 경우도 있고, 6개월이 지난 후에 전화를 걸어보면 담당자가 바뀌어 뜻하지 않게 기회가 생기는 경우도 있습니다.

만약 새로운 담당자가 전화를 받으면,

"전임 ○○씨에게는 많은 신세를 졌습니다. 전에 찾아뵈었을 때는 아직 연수를 할 시기가 아니라고 하셔서 정보만 교환했습니다. 이제 담당도 바뀌셨으니 괜찮으시다면 한번 찾아뵙고 인사를 겸해 명함이라도 주고받았으면 하는데 어떠신지요?"

하는 식으로, 우선은 방문 약속을 잡도록 하는 것이 좋습니다.

그리고 실제로 만나게 되면 '이번에는 꼭 도입이 되기를 바란다.' 하고 성급하게 몰아붙이기보다는,

"새로운 친구가 하나 생겼다고 생각하세요. 무리를 하시라고는 안 할 테니까 적당한 시기에 연락 한번 주십시오."

하고 일단은 물러납니다. 새로운 담당자는 나름대로 심리적으로 불안한 상태이기 때문에 외부에 자기편이 생긴다는 것은 마음 든든한 일이지요. 그러므로 우선은 담당자의 불안감을 없애주는 것이 좋습니다.

한마디로 예상고객이라고는 해도 그 형태는 다양합니다. '바로

계약이 이루어질 것' 같은 A등급으로부터 '상사의 결재가 떨어지면' 계약이 성사될 B등급, '시기를 봐서' 계약이 이루어질 수도 있는 C등급까지 구분할 수 있으며, 그에 따른 설득 방법도 각기 다릅니다. 그리고 '컴퓨터 휴지통 행' 고객은 등급 밖이기는 하지만, 그래도 석 달에 한 번이나 반 년, 일 년 단위로 휴지통을 정리하다 보면 의외로 소중한 고객을 찾아낼 수도 있습니다. 따라서 어렵게 맺은 인연을 함부로 버리지 말아야 합니다. 실제로 나도 정기적으로 휴지통을 정리하다가 몇 건인가 계약을 성공시킨 경험이 있으니까요.

**Point**

한 번 거절당한 고객이라 하더라도 곧바로 예상고객 명단에서 제외해서는 안 됩니다. 컴퓨터의 휴지통에 넣듯이 보관해 두었다가, 6개월이 지난 후에 전화를 걸어보면 담당자가 바뀌어 뜻하지 않게 기회가 생기는 경우도 있습니다.

# 06

# 열의는 표현하지 않으면 전달되지 않는다

어떤 기업에서 안내 업무를 보던 친구가 있는데, 스타일이 출중하고 사랑스러운 외모를 갖춘 그 친구는 입사할 당시부터 남자 사원들의 동경의 대상이 되었습니다.

그 중에서도 틈만 나면 안내 창구로 달려와 다음에 함께 드라이브를 가자거나 다음 주에 술이나 한잔 같이 하자며 유혹하는 착실한 총각 사원 다섯 명이 있었다고 합니다.

그러던 어느 날 그 친구가 갑자기 결혼하기 위해 회사를 그만두겠다고 선언하자, 사내에서는 그녀가 다섯 명 중 누구를 선택했는지 온통 화제였습니다.

하지만 그녀의 결혼 상대는 다섯 명 중의 그 누구도 아닌 전혀 예상하지 못했던 뜻밖의 남자였습니다.

"뭐라고? 어떻게 그럴 수가?"

"어느새 그렇게 발전했지?"

모두들 술렁댄 것은 말할 나위도 없었습니다.


며칠 전에 바로 그 부부와 약 8년 만에 만날 기회가 있었습니다. 그래서 오랫동안 의아하게 생각했던 질문을 던져 보았지요.

"아니, 그렇게 많은 남자들로부터 구애를 받다가 어째서 갑자기 이 남자를 선택하게 되었지?"

하고 말이지요.

그러자 그녀는,

"실제로 프러포즈를 한 건 이 사람 뿐이었으니까 이 사람을 선택할 수밖에 없었지, 뭐."

라고 대답하는 것이었습니다.


이야기를 들어 보니, 그 남자는 두 번째 데이트 때 불쑥 프러포즈를 했다고 합니다. 그래서 이번에는 그 남편에게 질문을 던져 보았습니다.

"그렇다면 이 친구에게 첫 눈에 반했던 거예요?"

그러자 그의 대답 또한 강렬했습니다.

"처음 만나고 나서 이미 이 여자는 내 사람이라고 생각했죠."

이 두 사람의 말을 액면 그대로 받아들인다면, 처음에 접근했던 다섯 남자 중 누구든 그 친구의 결혼 상대가 될 수 있었다는 이야기가 됩니다.

그런데도 그 다섯 명 중 누구도 프러포즈를 하지 않았던 것이지요.

아무리 매주 식사를 같이 하거나 고급차를 타고 드라이브를 하거나 고급 핸드백을 선물한다고 해도 실제로 프러포즈를 한 사람에게는 이길 수 없는 것입니다.

'그렇게 노력했는데……'

또는 '누구보다도 당신을 사랑했는데……'

라고 이제 와서 후회해 봐야 이미 때는 늦었습니다.

그렇습니다. 아무리 열의가 있고 사랑하는 마음이 있다 해도 그것을 말로 표현하지 않는다면 그런 마음이 상대방에게 전달되지 않는 법이지요.


내가 비즈니스 대화에 자주 사용하는 '세 마리 고양이'에 대한 이야기를 소개하겠습니다.

담 위에 고양이 세 마리가 있습니다.

그 중 두 마리가 '좋아, 여기서 뛰어 내리겠어!'고 결심했습니다.

그러면 현재 담 위에는 몇 마리의 고양이가 남아 있을까요?

자칫 한 마리라고 대답하기 쉽지만 답은 세 마리입니다. 왜냐하면, 두 마리의 고양이는 뛰어 내리기로 결심을 했을 뿐 아직 뛰어 내린 것이 아니기 때문입니다.

결심만 해서는 아무것도 하지 않는 것이나 마찬가지입니다.

'이심전심(以心傳心)'이나 '행간(行間)을 읽는다'는 표현이 있지만, 비즈니스를 할 때는 '이 정도 했으니까 이해하겠지.' 하는 식의 안이한 생각은 절대 통하지 않습니다.

앞서 프러포즈를 한 그 남자의 경우는 마침 사내에 경쟁자가 다섯 명 밖에 되지 않았습니다. 하지만 현재 일본에는 전국적으로 940만 명이나 되는 영업사원이 있다고 하며, 여러분의 담당 구역에도 같은 부문에 종사하는 영업사원들이 수십 명, 아니 수백 명은 될 것입니다.

그런 환경 속에서 상대를 이기기 위해서는 역시 확실한 프러포즈를 해야 효과가 있습니다.

아무리 영업이라고는 해도 결국은 사람과 사람의 만남이므로 그 사람을 좋아하느냐 싫어하느냐 하는 것도 분명 하나의 판단 기준이 될 것입니다.

쓸데없는 잔재주를 부리지 않고 혼신을 다해 내뱉는 '내 상품을 사 달라!'는 한 마디. 그 한 마디를 상대방에게 성심성의껏 전할 줄 아는 사람만이 최종적으로 상대방의 마음을 움직일 수 있는 것입니다.

'이심전심(以心傳心)'이나 '행간(行間)을 읽는다'는 표현이 있지만, 비즈니스를 할 때는 절대 통하지 않습니다. 아무리 열정이 있고 사랑하는 마음이 있다 해도 그것을 말로 표현하지 않는다면 그런 마음이 상대방에게 전달되지 않는 것과 마찬가지입니다.

## 07

# 스스로 격려하는 목소리를 통해 끊임없이
# 자기암시를 하라

'인사를 너무 잘 한다고 화를 내는 사람은 없지만, 인사할 줄 모르면 인사도 못한다는 소리를 듣는다.'

어렸을 적 아버지로부터 귀가 닳도록 듣던 말입니다.

우리 집은 장사꾼 집안이었기 때문에 아버지는 동네를 돌아다니면서 만나는 사람들에게 꼬박꼬박 고개 숙여 인사를 하곤 했는데, 아버지의 그런 모습을 곁에서 보고 나는 영문도 모른 채 덩달아 인사를 했습니다. 내가 너무 자주 인사를 했더니 담뱃가게 아저씨는 또 왔냐며 도리어 쑥스러워하기도 하고, 저희 어머니에게 '이 집 딸은 지나갈 때마다 인사를 하니까 오히려 내가 창피해요.'라며 항의 아닌 항의를 하기도 했지요.

가게에 손님이 오면 부모님이 가르쳐준 대로 무릎을 꿇은 자세로 세 손가락을 바닥에 짚고 '어서 오십시오!' 하고 큰 소리로 인사를 하니까,

"너, 참 예의바르고 착한 아이구나."

하고 손님들이 칭찬을 해 주기도 했지요. 그 정도로 우리 집에서는 인사를 철저하게 했습니다.

소리 내어 말을 하는 것은 아주 중요합니다. 언령(言靈)이라고 하듯이 말에도 혼이 깃들어 있기 때문에 말로 표현하면 사람들의 마음을 움직일 수 있는 것입니다.

나는 강의를 하기 전에 종종 내 자신에게 기를 모아 활기를 불어넣습니다. 나는 사람들 앞에서 이야기를 할 때 전혀 긴장을 하지 않는다는 이야기를 자주 듣는데 전혀 그렇지 않습니다. 실제 나는 엄청난 겁쟁이여서 심하게 긴장하면 손발이 저리고 입술이 파래질 정도이지요.

그럴 때는 '나 자신에게 지지 말자'는 의미로 마음속으로 자꾸 이런 말을 외쳐댑니다.

"힘 내, 좋았어!"
"아사쿠라, 너는 해낼 거야!"
"넌 할 수 있어!"

거의 복싱 세컨드가 선수에게 외쳐대는 수준이지요. 그리고 어찌 된 일인지 이럴 때는 늘 오사카 사투리가 튀어나옵니다. 이렇게 말로 표현함으로써 나는 할 수 있다는 자기암시를 거는 것이지요. 그렇게 하면 실제로 몸속 깊은 곳에서부터 힘이 솟구치는 것이 참으로 신기합니다.

영업을 할 때의 마음가짐도 마찬가지입니다. '오늘은 반드시 계약을 성공시키겠다!' 고 마음먹고 나서는 것과 '성공하면 좋겠는데……' 하는 생각으로 나서는 것과 비교해 보면 그 결과는 엄청나게 달라집니다. 성공하고 싶다면 스스로를 잘 세뇌시키십시오.

그런데 저는 요즈음 전국 각지에서 기업 세미나를 자주 개최하고 있는데, '예!' 하는 대답 한 마디를 제대로 하지 못하는 젊은이들이 아주 많다는 사실에 놀라고 있습니다. 그래서 나는 젊은이들로 하여금 일부러 몇 번씩이고 큰 소리로 '예!' 하고 외치도록 하여 목소리를 내는 습관을 들이도록 훈련시키고 있습니다.

이런 것은 사내 직원들이 주의를 주기는 힘든 일이며 오히려 일을 잘못했을 때 주의를 주기가 더 쉽습니다.

"나카무라 군, 예라고 대답 안 하나?"

하고 주의를 주는 것이 마치 어머니 잔소리 같아서 좀처럼 말을 꺼내기 쉽지 않을 것입니다. 그래서 이런 것은 외부 사람이 지적해 주는 것이 좋습니다.

그리고 "'예!'라고 대답하는 것은 아주 중요합니다. 대답을 잘 하는 사람에게 일이 몰리는 법입니다" 하고 내가 덧붙여 설명을 해준다면 모두들 순식간에 대답을 잘 하게 되고, 그렇게 되면 실제로 그것이 실적으로 이어질 것입니다.

대답을 잘 하는데 돈이 드는 것도 아닙니다. 그렇게 해서 실적을 올릴 수만 있다면 영업사원들이야말로 더욱 목소리를 높여야 한다고 나는 생각합니다. 고객들은 실무적인 능력보다도 의외로 이런 인사나 대답과 같이 당연하다고 여겨지는 여러분의 자세를 지켜보고 있기 때문입니다.

**Point**

말에도 혼이 깃들어 있기 때문에 말로 표현하면 사람들의 마음을 움직일 수 있습니다. "넌 할 수 있어!" 이렇게 말로 표현함으로써 나는 할 수 있다는 자기암시를 거는 것입니다. 그렇게 하면 실제로 몸속 깊은 곳에서부터 힘이 솟구치는 것을 느낄 수 있습니다.

# 영업에 다음 기회란 없다

# CHAPTER 2

# 기회는 저축할 수 없다

예전에 내가 주최한 영업사원 연수에서 있었던 일입니다.

나는 여러 기업에서 모인 수강생들에게 '지금부터 한 사람당 1분씩 시간을 줄 테니까 앞에 나와 자기소개를 해 보세요.' 하고 지시를 하였습니다.

모두들 1분간씩 앞에 나와 연설을 하였고 마침 한 오너 사장의 순서가 되었는데, 그는 갑작스러운 주문에 당황했는지 좀처럼 말을 꺼내지 못했습니다.

그는

"죄송합니다. 조금 있다가 하면 안 되겠습니까?"

하고 요청해서 내가 그렇게 하라고 했고 순서는 다음 사람으로 넘어갔습니다. 그리고 그를 제외한 모든 사람들의 발표가 끝이 나고, 아까 그냥 통과했던 오너 사장이 만반의 준비를 마치고 다시 도전하려고 하였습니다.

하지만 나는 그를 제지했습니다.

"사장님에게는 더 이상의 기회가 없습니다. 발표하지 않아도 괜찮아요."

그렇지 않습니까? 지금 이렇게 간단한 발표도 제대로 하지 못하는데 갑자기 고객 앞에 서서 어떻게 고객을 설득할 수 있다는 말입니까?

그리고 나는 이렇게 덧붙였습니다.

"사람들 앞에서 자기소개도 하나 제대로 하지 못하면서 어떻게 회사를 경영해 나갈 수 있죠? 연수도 일종의 영업 현장이나 마찬가지예요."

언젠가는 이와 같은 방식으로 1분 동안 자기 회사 상품에 대해 소개하도록 하는 연수를 한 적도 있었습니다.

그러자 모두들 쑥스러워하면서 흔히 듣는 그렇고 그런 이야기밖에 늘어놓지 않아 나는 전혀 마음이 움직이지 않았습니다. 그래서 모두들 발표를 끝낸 다음 나는 대뜸 이렇게 말했습니다.

"지금 여러분의 이야기를 듣고 아쉽게도 저는 아무한테도 물건을 사고 싶다는 생각이 들지 않았습니다."

만약 영업을 하면서 무슨 말을 해야 좋을지 잘 떠오르지 않을 때는 '나를 사 주십시오!' 라고 하면 되는데 어째서 그러지 못하는지

답답했습니다.

말하자면 그런 세미나도 두 번 다시 오지 않는 기회인 것입니다. 그런데도 그런 기회에 전력투구하지 못하는 사람은 이미 하나밖에 없는 기회를 놓친 셈이지요.

어떤 상황에서든 주어진 기회를 확실하게 잡을 능력이 없다면 영업사원으로서 자격이 없다고 할 수 있으며, 그러한 사실을 수강생들도 알아주기를 바라면서 나는 일부러 따끔한 조언을 했던 것입니다.

지금도 잊을 수 없는 사원교육연구소에 입사한 지 6개월쯤 지난 1997년 9월이었습니다. 지방에 출장을 갔다가 거리매점에서 우연히 구한 『거물이 되기 위한 두뇌 사용법』이라는 책을 읽고 나는 미야마 사토시(見山敏)라는 저자를 꼭 한번 만나보고 싶어졌습니다. 그래서 바로 책 마지막 부분에 적혀 있던 사무실로 전화를 걸어, 그 분을 만나 뵙고 싶다고 직원에게 부탁을 드렸습니다.

그러고 나서 얼마 지나지 않아 나는 시즈오카(靜岡)로 출장을 갔는데, 놀랍게도 선생님께서 직접 내 휴대전화로 연락을 주시고는 시간을 내서 나를 만나 주시겠다는 것이었습니다.

보통 사람들은 책의 내용이 아무리 좋다고 해도 그 책의 저자를 만나러 가지는 않지 않습니까? 그래서 내가 그 선생님을 만났다고 하자 모두들 진짜 만나러 갔느냐며 놀라워하더군요. 지금 생각해 봐도 그때 선생님이 어째서 일면식도 없는 일개 독자인 나를 만나주셨는지 알 수는 없지만, 아무래도 전화 통화를 하면서 '이 사람은 꼭 만나보아야겠다'는 생각이 들었던 것 같습니다.

얼마 후 나는 사무실로 선생님을 찾아뵈었는데, 우리는 처음 만났는데도 분위기가 무르익을 정도로 깊이 있는 대화를 나눌 수 있었지요. 그리고 헤어질 때 선생님이 이렇게 말씀하셨습니다.

"아사쿠라 씨, 다음에 기회가 되면 식사라도 함께 합시다."

일반적으로 생각하면 인사치레일 수도 있겠지만, 나는 이 기회를 놓치면 다음에 언제 또 선생님을 만나 뵐지 알 수 없었기 때문에 그 자리에서 수첩을 펼쳐들고는

"언제가 좋으시겠어요?"

하고 다그치듯 여쭈었지요.

내가 이렇게 나오니까 선생님께서는 어이없다는 듯 웃음을 지으셨지만, 그렇게 다그친 보람이 있어 9월에 책을 읽고 10월에 처음 찾아뵈었으며 11월에는 함께 식사를 할 수 있었습니다. 물론 아직까지도 선생님과의 만남은 이어지고 있지요.


생각해 보면 나는 내가 마음속으로 꼽은 사람에 대해서는 스스로 나서서 적극적으로 영업을 하는 스타일입니다. 그냥 내버려두고 상대방으로부터 연락이 오기만 기다려 봐야 연락이 올 리가 없

지요. 우연의 만남을 필연으로 바꾸는 것은 바로 자기 자신인 것입니다.

비즈니스든 개인적인 일이든 기회라는 것은 그렇게 쉽게 찾아오는 것이 아닙니다. 바로 그렇기 때문에 한번 찾아온 소중한 기회는 절대로 놓쳐서는 안 되지요. 하루하루를 아무 생각 없이 보낸다면 눈앞까지 왔던 기회는 사라져버리고 다시는 찾아오지 않을 것입니다. 반면, 일을 할 때마다 다시없는 기회라고 생각하고 집중력을 발휘한다면 반드시 기회를 잡을 수 있습니다.

그러기 위해서라도 여러분은 순발력 있고 총명한 영업사원이 되어야 합니다.

**Point**

어떤 상황에서든 주어진 기회를 확실하게 잡을 능력이 없다면 영업사원으로서 자격이 없다고 할 수 있습니다. 그냥 내버려두고 상대방으로부터 연락이 오기만 기다려 봐야 연락이 올 리가 없지요. 우연의 만남을 필연으로 바꾸는 것은 바로 자기 자신인 것입니다.

## 하기 어려운 말을 하는 사람이 승리한다

거래처를 처음 방문하려고 하면 사실 겁도 많이 나지요.

전화 통화를 할 때는 친절한 듯 했던 사람이 막상 직접 만나보니 무척 퉁명스럽거나 거만해 보이는 경우도 있지요. 어머니의 피를 이어받아 배짱이 두둑한 나도 겁이 나고 조마조마해질 때가 있습니다.

그럴 때 상대방의 기분을 맞춰주려고 응접실에 놓여 있는 도자기를 칭찬하거나 날씨 이야기를 꺼내 봐야 아무 소용이 없습니다. 담당자는 매일매일 수많은 영업사원들을 상대하기 때문에, 그만한 일에 일일이 기분 좋아질 리는 없지요.

어색한 대화는 아사쿠라식 영업 방식에서는 금기시 되어 있습니다. 그도 그럴 것이, 내가 만약 고객이라도 매일매일 영업사원들을 만나야 하는 일이 지겹다고 생각할 테니까요.

예를 들어 카운터 바에서 홀로 술을 마시고 있는데 어떤 남자가 말을 걸어 왔다고 합시다.

"눈이 참 아름다우시군요."

이렇게 고리타분한 옛날식 대사를 귓가에 속삭이기보다는,

"왜 그렇게 도깨비 같은 표정을 하고 술을 마시는 거요? 무슨 일 있어요?"

라고 하는 편이 둘 사이의 벽을 시원하게 없애주는 듯하여 인상에 남는 법입니다.

그러므로 처음 방문을 했을 때는 어설픈 칭찬보다는 마음이 담긴 솔직한 대화를 나누는 것이 가장 무난합니다.

그래서 나 같으면 처음 방문했을 때는 이렇게 대화를 시작하겠습니다.

"요시다 씨, 전화로 통화할 때는 약간 느낌이 좋지 않으리라고 생각했는데, 이렇게 직접 뵙고 보니 아주 좋으신 분이라서 마음이 놓이네요."

지금 내가 느낌이 좋지 않다는 대단히 실례되는 말을 했지요. 하지만, 이런 말을 듣고 싫어할 사람은 아마 없을 것입니다. 덧붙이자면, 껄끄러운 이야기를 꺼내기 전에 이런식으로 서두를 꺼내면 미안한 느낌이 훨씬 덜하지요.

"화내지 마시고 제 얘기를 들어 보세요."

"제가 느낀 점을 솔직하게 말씀드려도 되겠습니까?"

"다시 만날 수 없을 지도 모르니까 말씀인데요."

이 세 마디는 언젠가 꼭 쓸 때가 있으니까 잘 기억해 두시기 바랍니다.

특히 중소기업의 사장님이나 부장급 간부는 의외로 고독하고 주변에 조언을 해 주는 사람도 없습니다. 따라서 자신의 결점을 지적해 주면 화를 내기 보다는 오히려 고마워하는 법입니다.

그와 동시에 '이 사람을 내 편으로 만들어 두는 게 좋겠는데 ' 하는 생각을 갖기 마련입니다. 실제로 내가 공치사를 하는 것도 일부러 듣기 싫은 소리를 하는 것도 아니며 느낀 그대로 말하는 것뿐입니다. 게다가 영업사원들에게서 흔히 볼 수 있는 꾸밈이 없기 때문에 도리어 믿음을 줄 수가 있지요.

그리고 오사카나 교토 지역에서 영업을 하다 보면 반드시 듣는 이야기가 가격을 깎아달라는 말입니다.

나도 간사이(關西) 지방출신이기 때문에 충분히 이해가 갑니다. 물건을 사는 입장에서 가격을 깎으려고 하는 것은 당연하니까요.

하지만 나는 영업을 하면서 가격을 깎아준 적이 한 번도 없습니다. 가격을 깎아달라고 나오면 나는 단호하게 이렇게 거절합니다.

"가격은 절대로 깎아 드릴 수 없습니다! 깎아 드릴 거라면 차라리 그냥 드리지요."

라고 말입니다.

이렇게까지 딱 잘라 거절하면 고객들도 '그렇게 뜻이 분명하다면 단념할 수밖에' 하는 식으로 나옵니다. 그런데 '제 권한 밖의 일이라서 좀…… 돌아가서 윗분에게 여쭤보겠습니다.' 하는 식으로 어정쩡하게 나가면 상대방은 절대 그냥 물러서려고 하지 않지요. 여러분께서는 이런 영업사원한테서 물건을 사고 싶으십니까? 그 자리에서 바로 가부간에 답변을 하지 못하는 영업사원에게는 물건을 사고 싶은 생각이 별로 들지 않을 것입니다.

하기 어려운 말을 가슴 속에 묻어두면 더욱 입을 떼기 어려워지므로 가능하면 빨리 이야기를 꺼내는 것이 좋습니다.

표현은 마술입니다. 마이너스 요소가 가득한 발언도 표현 방법이나 타이밍을 조금만 바꾸어주면 플러스로 바뀌는 법입니다.

**Point**

처음 방문을 했을 때는, 상대방의 비위나 맞추려고 어설픈 칭찬이나 어색한 대화를 나누는 것보다 마음이 담긴 솔직한 대화를 나누는 것이 가장 무난합니다. 특히 중소기업의 사장님이나 부장급 간부는 의외로 고독하고 주변에 조언을 해 주는 사람이 없기 때문에 오히려 고마워하는 법입니다.

# 10

## 일단 방문하면 빈손으로 물러서지 마라

"방문영업의 어느 점이 즐겁습니까?"

가끔 이런 질문을 받곤 하지만 저는 방문영업이 즐겁다고 생각해 본 적이 한 번도 없습니다. 솔직하게 말하자면 나는 방문영업을 아주 싫어하며, 지금 다시 하라고 해도 절대 하고 싶지 않습니다.

왜냐하면, 전혀 알지도 못하는 사람을 갑자기 찾아가야 하는데, 그게 여간 겁나는 게 아니지요. 내가 전혀 그렇게 보이지 않는다고들 하지만, 나는 처음 사람을 만날 때는 심장이 두근거리고 턱이 덜덜 떨릴 정도로 엄청나게 긴장을 합니다.

하지만 나에게는 방문영업을 해야 할 필요가 있었습니다.

왜냐하면, 나는 방문영업을 할 때가 전화를 통해 영업을 할 때보다 훨씬 쉽게 실적을 올릴 수 있었으니까요. 입사 당시 내가 자신에게 부여한 목표는 3년 내에 이 회사에서 가장 유능한 톱 세일즈우먼이 되겠다는 것이었습니다.

이왕 할 바에는 최고가 되고 싶었으며 당시 주식으로 크게 실패하여 수천만 엔의 빚을 지고 있던 나는 먹고살기 위해서라도 반드시 돈을 벌어야 했지요.

즉, 함께 일하던 훌륭한 영업사원들을 제치고 최고가 되기 위해서는 수단방법을 가릴 형편이 아니었던 것입니다.

우선 영업의 기본으로 전화 약속이라는 작업이 있습니다. 내가 일하던 사원교육연구소라는 회사에서는 하루 70통이라는 최저 할당량이 있었습니다. 하지만 나는 전화 통화를 하게 되면 목소리의 톤이 엄청 높아집니다. 그래서 상대방은 젊은 아가씨가 쓸데없는 전화를 한 것으로 오해하고 담당자는 바꿔주지도 않습니다.

게다가 뭐니 뭐니 해도 전혀 만난 적도 없는 사람이 내 이야기가 끝나기도 전에 전화를 끊어버리는 것에 화가 치밀었습니다. 면전에서 거절을 당하면 그 자리에서 '오늘 제가 무엇 때문에 거절당한 거죠?' 하고 물어볼 수 있지만, 그렇게 갑자기 전화를 끊어버리면 '어째서 지금 전화를 끊었지요?' 하고 물어볼 도리가 없잖아요. 그래서 어차피 거절당할 거라면 면전에서 거절당하는 편이 낫다고 생각했던 것입니다.

그런데 사람이란 직접 얼굴을 맞대고는 좀처럼 딱 잘라 거절을 하지 못하는 법입니다. 바로 이게 기회라고 생각했지요. 그 후부터는 전화로 약속을 잡을 뿐만 아니라 직접 고객을 찾아다니도록 노력하고 있습니다.

그렇다고는 해도 직접 찾아다녀서 담당자를 만나는 경우는 아주 드뭅니다. 그럴 때 보통 영업사원들은 안내 창구 직원에게 명함을 건네며 다시 찾아오겠다고 하고 그것으로 끝내버리는 경우가 대부분이지 않을까요? 일부러 찾아갔는데 그대로 물러나면 너무 아쉽잖아요.

나는 설사 문전박대를 당한다 해도 안내 창구 직원과 이런 식으로 이야기를 끌어 나갑니다.

"대단히 죄송하지만, 미리 약속을 하지 않으신 분은 연결해 드릴 수 없습니다."

"아 네, 고맙습니다. 그럼 다음에 다시 찾아와야겠는데 그때는 누구를 찾으면 되겠습니까?"

"그럼 인사부의 다나카 씨를 찾아주세요."

"대단히 송구스럽지만, 실례가 되면 안 되니까 다나카 씨의 직책이 어떻게 되는지 가르쳐주실 수 있겠습니까?"

"인사부장이예요."

"직통전화가 있는지요?"

"직통전화는 11-2222-3333입니다."

"고맙습니다. 다시 인사드리러 찾아뵐 테니까 다나카 부장님에게 이걸 좀 전해 주십시오."

이렇게 자료와 명함을 남겨두고 돌아옵니다. 불과 1분 정도의 이 대화에는 전화로는 도저히 물어볼 수 없는 정보가 듬뿍 들어 있다는 사실을 아시겠습니까?

교섭해야 할 담당부서와 담당자의 이름, 직책, 직통 전화번호 등, 적어도 네 가지 정보를 얻을 수 있었던 것입니다. 방문영업을 할 때는 문전박대를 당해도 전혀 기죽을 필요가 없습니다. 전혀 알지 못하는 사람이 찾아오면 상대방으로서는 일단 거절하는 것이 당연합니다. 그럴 때는 그곳이 정보를 수집하는 곳이라고 생각을 바꾸어야 합니다. 항상 플러스적 발상으로 생각해야 하지요. 그렇지 않으면 이 일을 계속 해 나가기가 어려워지니까요.

아직도 잊히지 않는 이런 에피소드가 있습니다.

내가 초등학생일 때의 일이었습니다. 언젠가 아버지께서 나에게 2층에 계신 손님에게 맥주를 갖다드리라고 하신 적이 있습니다. 저는 아버지 말씀대로 맥주를 갖다드렸는데, 내가 1층으로 내려오자 아버지는 큰 소리로 나에게 야단을 치시는 것이었습니다.

"야, 이 바보 같은 녀석아!"

나는 어찌된 영문인지 전혀 알 수가 없었지요.

이어서 아버지는 이렇게 말씀하셨습니다.

"너 왜 그렇게 눈치가 없니?! 맥주를 추가로 갖다 주면 거기에 빈병이 있을 게 아니니. 어째서 빈손으로 내려오는 거야? 맥주를 가지고 가면 빈병이 있는지 없는지, 요리 주문을 받으러 가면 빈 그릇이 있는지 없는지 똑바로 살펴봐야 할 게 아냐!"

라고 말입니다.

'밖에 나왔다가 방으로 들어갈 때는 빨래를 걷어서 들어가라.'

'음식을 먹을 때는 휴지통을 곁에 준비해 두어라.'

늘 아버지는 이런 식으로 말씀하셨습니다. 그래서 나는 지금도 헛수고나 쓸데없는 일을 하는 걸 아주 싫어합니다.

이런 성격 때문인지 나는 영업을 하면서 계약을 한 건 성사시키면 반드시 그 부근에 있는 다른 회사를 둘러보고 나서 돌아오곤 합니다.

**Point**

방문영업을 할 때는 문전박대를 당해도 전혀 기죽을 필요가 없습니다. 그럴 때는 그곳이 정보를 수집하는 곳이라고 생각을 바꾸어야 합니다. 교섭해야 할 담당부서와 담당자의 이름, 직책, 직통 전화번호 등 적어도 네 가지 정보를 얻을 수 있습니다.

# 여성 담당자에게는 정면 승부를 하라

중학교 시절 나는 배구부의 주장을 맡기도 하여 늘 여학생들의 리더격 존재였습니다.

어느 날 후배들이 국적이 한국이라는 이유만으로 다른 학교 학생들한테 괴롭힘을 당하고 있다는 사실을 알고는,

"그래, 알았어. 결투다. 가자!"

하며 5 대 5로 승부를 겨룬 적이 있습니다. 그때는 마침 텔레비전에서 『아이와 마코토』³라는 드라마가 유행하던 무렵이었고 나는 그 당시부터 정의감이 대단했지요.

마지막 대결은 저쪽 우두머리와 내가 맞붙었습니다. 결투 전날 소림사 무술을 하던 동생에게 싸우는 법을 배워 두었던 나는 막판에 보기 좋게 공중옆차기를 명중시켜 상대를 KO시켰지요.

3 _원제『愛と誠』(원작:나가야스 다쿠미). 1973년부터 1976년까지 주간소년 잡지에 연재된 청소년 만화. 폭발적인 인기를 끌었던 이 만화는 이후 TV드라마와 영화로까지 만들어졌고, 주제가는 음반으로 나와 밀리언셀러가 되기도 하였음.

하지만 이상하게도 그 일이 있은 후 그 아이들과는 오히려 사이가 더 좋아졌습니다.

학생 시절 나는 이런 식으로 늘 어깻바람을 일으키며 걸어 다녔고 졸업할 때는 급기야 엄청난 소동이 벌어졌지요.
"선배님, 교복 저한테 주세요!"
"가방은 저에게 주세요!"
하며 나를 좇아 다녀서 후배들로부터 받은 꽃다발은 엉망이 되고 말았습니다. 또한 친구들로부터는,
"시원치 않은 남자와 사귈 바에는 치에코와 사귀는 게 낫지."
하는 이야기까지 들었습니다.

스스로 이런 말을 하면 이상하지만, 나는 여자이면서도 정말 여자들에게 인기가 많았습니다. 하지만 설마 그런 것이 영업을 할 때 도움이 되리라고는 생각지도 못했지요. 특히 거래처를 방문하면 접수부 여직원을 곧바로 내편으로 만들 수 있었던 것은 중학교 시절부터 쌓아온 저의 보스 기질 덕분이라고 생각합니다.
나는 방문영업을 많이 했지만 안내 창구에서 거절당한 적이 한 번도 없었습니다. 오히려 정보만 얻어가려고 생각했는데도 안내 창구 여직원이 그 자리에서 담당자와 연결시켜준 예도 많지요.

언젠가 안내 창구 직원에게 담당자와 명함만 주고받아도 괜찮으니까 잠깐 만나보고 싶다고 하자, 그 여직원이 담당자에게 전화를 걸어 주었습니다.

"지금 안내 창구에 사원교육연구소의 아사쿠라 씨라는 분이 찾아오셨습니다. 명함만이라고 교환했으면 하는데요……"

아마도 전화를 받은 상대방은 거절하라고 하는 것 같았지요. 그래도 그 여직원은,

"잠깐이면 된다고 하시는데요……"

하며 능숙하게 담당자와 교섭을 해 주었습니다.

아마도 그 여직원은 나를 보고 직감적으로 잘 대해 주어야 되겠다고 생각했던 모양입니다.


대기업의 사장님과 면담을 하고 싶을 때 여러분은 먼저 어디부터 공략하시겠습니까?

그것은 바로 비서나 안내 창구입니다. 이곳을 돌파하지 못한다면 그 회사 사장님은 만날 수 없을 테니까요.

그러므로 안내 창구에 있는 직원으로부터는 사장님이 아니라 비서의 이름을 먼저 알아내 직접 이름을 불러주면서 부탁을 해야 합니다.

"요시다 씨, 바쁘신 중에 대단히 죄송합니다. 나카무라 사장님께 긴히 드릴 말씀이 있는데 한번 시간을 조정해 주실 수 없겠는지요?"

하는 식으로 말입니다.

비서라는 사람들은 자신을 거치지 않고 사장님으로부터 직접 지시를 받는 것을 별로 좋아하지 않지요.

따라서 안내 직원이나 비서를 먼저 내편으로 만드는 것이 아주 중요합니다.

여자는 원래 동물적 직감이 대단히 발달해 있습니다.

예를 들면, 다섯 명의 남자가 있는데 조직 속에서 살아남기 위해서는 누구를 따르는 것이 가장 좋은지 이내 직감적으로 감지해낼 줄 압니다.

따라서 똑같은 영업활동을 하더라도 담당이 여자인 경우에는 이야기가 쉽습니다. 좋고 나쁨과 예스 노가 비교적 확실하니까요.

바꾸어 말하자면, 여성 담당자는 에두른 설명이나 치근거리는 영업을 싫어하는 경향이 있으므로 기본적으로는 정면승부를 해야 합니다. 어설픈 잔재주를 부리면 이내 상대방이 눈치를 채 거절당하기 십상이므로 각오를 단단히 하시는 게 좋습니다.

예를 들어 한 남자를 무척 사랑한 여자가 있다고 합시다. 그런데 만약 그 남자가 바람을 피웠을 때,

"당신을 절대 용서할 수 없어요!"

하는 식으로 나오면 아직은 사랑이 남아 있다는 증거입니다. 하

지만 문득,

"내가 왜 이러지?"

"왜 내가 이런 형편없는 사람을 만나고 있지?"

하는 생각이 드는 순간 갑자기 태도를 바꿀 수 있는 것이 바로 여자인 것입니다. 그렇게 한번 떠난 여자는 다시는 뒤도 돌아보지 않지요.

그러므로 여직원이 퇴직을 결심했을 때에도 한번 그만두겠다고 말을 꺼내면 누가 설득하건 더 이상 들으려 하지 않습니다. 대부분 마음속으로는 벌써 다음 일을 생각하고 있지요.

이러한 원리대로라면, 오랫동안 공을 들여 영업을 했다 해도 상대방이 여자라면 어느 날 갑자기 나타난 다른 영업사원에게 마음을 돌리는 것은 어쩌면 당연하다고 할 수 있으므로, 아무쪼록 상담의 마무리 시점을 놓치지 않도록 주의하시기 바랍니다.

**Point**

여성 담당자는 좋고 나쁨과 예스 노가 비교적 확실하고, 에두른 설명이나 치근거리는 영업을 싫어하는 경향이 있으므로 기본적으로 정면승부를 해야 합니다. 어설픈 잔재주를 부리면 이내 상대방이 눈치를 채 거절당하기 쉽기 때문입니다.

# 12

## 30분은 몰라도 12분이면 만나준다

예전에 내가 근무하던 사원교육연구소에서는 의무적으로 하루에 70통 이상 전화를 걸어 상담 약속을 잡아야 한다고 앞서 이야기했지요. 하지만 설사 100통의 전화를 한다 해도 실제로 약속을 잡을 수 있는 건 3건 정도밖에 되지 않습니다.

내가 입사했을 당시 상대방이 내 이야기를 제대로 들어보지도 않고 쾅쾅 전화를 끊어버려 하도 화가 난 나는 '어떻게든 상담을 성사시켜야겠다!'는 오기가 발동하여 온갖 방법을 다 동원하였습니다. 전화번호부의 'ㄱ'부터가 아니라 'ㅎ'부터 찾아 전화를 걸어보기도 하고 목소리를 바꾸어보기도 하였지요.

전화로 약속을 잡는 목적은 일단 만나기 위한 것이므로 상대방이 꼭 필요해서 만나자고 하는 것도 좋지만, 어쩔 수 없이 만나주어도 상관없지요. 어쨌든 상대방으로부터 만나주겠다는 대답을 들기만 하면 되는 것입니다. 그런 와중에 착안한 것이 어중간한 시간 설정입니다.

전화로 약속을 잡으려고 할 때 절대 '한 시간 정도 시간을 내주실 수 없는지요?' 하는 식으로 부탁해서는 안 됩니다. 특히 창업 사장과 같이 무척 바쁜 사람에게 한 시간은 엄청 소중한 시간이지요. 처음 찾아오는 영업사원과 느긋하게 이야기를 나눈다고 생각만 해도 부담스러워질 것입니다. 나 같아도 절대 만나주지 않을 테니까요.

그럼 '30분 정도 괜찮으시겠습니까?' 하고 부탁을 하면 어떨까요? 그래도 상대방의 반응은 시큰둥할 것입니다.

그렇다면 이렇게 말해 보십시오.

"알겠습니다. 그럼 12분 동안만 시간을 내주십시오. 그 이상은 절대 넘기지 않겠습니다."

하는 식으로 말입니다.

그러면 상대방은

"뭐라고요? 12분요?"

하고 어중간한 시간에 흥미를 나타내며, '정확하게 12분 안에 끝내준다면 얘기를 들어볼까?' 하고 생각하게 되지요.

자, 이제 무사히 약속을 잡고 상대방을 찾아갔습니다. 이럴 때,

'좋았어! 일단 약속을 잡았으니까 이제 좀 더 이야기를 해도 되겠지 ' 하는 생각으로 약속된 12분이 넘어도 시치미를 떼고 이야기를 계속해서는 안 됩니다.

그런 고리타분한 방법은 상대방도 이내 눈치를 채지요.

이럴 때는 성의 있게,

"약속된 12분이 되었으므로 오늘은 이만 실례하겠습니다."

하며 자리에서 일어서야 합니다. 그러면 대부분의 경우 상대방 쪽에서,

"좀 더 말씀하셔도 괜찮아요."

하고 나올 것입니다. 이렇게 해서 12분간만 만나겠다던 약속이 한 시간, 두 시간이 된 적이 내 경험으로는 여러 번 있었습니다.


이런 식으로 나는 내가 강사로 참석하는 세미나에서 사람들을 집합시킬 때는 반드시,

"그럼 3시 53분까지 이곳으로 다시 모여주세요."

하는 식으로 어중간한 시간을 설정합니다. 4시에 집합하라고 하면 5분전에 오는 사람도 있지만 5분 늦게 오는 사람도 있는데 이런 사람들은 대충 4시 전후라는 감각으로 받아들이기 때문이지요. 하지만 3시 53분이라고 1분 단위로 시간을 정해주면 이상하게 긴장감이 생겨 모든 사람들이 정확하게 시간을 지켜 집합하는 것입니다.

기업의 담당자들에게는 하루에 수십 통의 전화가 걸려옵니다.

그 중에서 특별히 돋보이기 위해서는 무슨 수를 쓰더라도 담당자에게 강한 인상을 심어주어야 합니다. 그러므로 때로는 상식을 벗어난 연출로 상대방의 관심을 끌어야 할 필요가 있습니다. 설사 한 번 실패하더라도 다시 시도하면 되니까요.

**Point**

고객은 어중간한 시간에 흥미를 나타내며, '정확하게 12분 안에 끝내준다면 얘기를 들어볼까?' 하고 생각하게 됩니다. 이렇게 해서 무사히 약속을 잡고 상대방을 찾아갔을 때, 일단 약속을 잡았으니까 좀 더 이야기를 해도 되겠지 하며 약속된 12분이 넘어도 모른 척 이야기를 계속해서는 안 됩니다.

# 13

## 쓰레기통으로 들어가지 않을 명함을 만들어라

예전에 미국의 영화관에서 이런 실험을 한 적이 있습니다. 영화의 필름에 관객들이 느낄 수 없을 정도로 빠른 속도로 '코카콜라를 마시세요.' 라는 메시지를 삽입해 두었습니다. 그러자 그 영화관에서의 코카콜라 매출이 급격하게 늘었다고 합니다. 소위 말하는 인간의 의식 속을 자극함으로써 나타나는 '잠재의식 효과 '라고 하는 것이지요.

평소 생활할 때는 예를 들어 매일 아침 전철 창밖으로 보이는 카메라 광고가 자기도 모르는 사이에 자신의 뇌 속에 각인되었다가, 실제로 카메라를 사려고 할 때 무의식적으로 그 제품을 사게 되는 경우가 있습니다. 그야말로 광고 전략이라고 할 수 있지요.

그런 전략을 영업에도 활용할 수 있습니다. 즉, 명함을 '자신의 광고 '수단으로 도입하는 것이지요.

흔히 이름만 보고는 얼굴이 떠오르지 않은 명함을 수십 장, 수백 장을 모아놓고 자랑스럽게 바라보는 사람이 있는데, 실례가 될지 모르지만 그런 명함은 나는 전혀 의미가 없다고 생각합니다.

그렇습니다. 명함을 보면 얼굴이 떠오르고 어떤 대화를 나누었는지 떠올릴 수 있는 명함이 아니라면 그것은 휴지조각이나 마찬가지입니다.

예를 들어 연하장을 쓰려고 명함을 보아도 그 사람의 얼굴이 생각나지 않는다면, 그것은 명함을 만든 쪽에도 문제가 있습니다. 명함 자체가 강한 인상을 주지 못하는 것입니다. 즉, '자기광고 '로서 실패한 것이지요. 특히 영업사원의 명함이라면 그대로 버려질 가능성이 아주 높습니다. 그래서 나는 그렇게 쉽사리 버려지지 않을 명함을 만들려고 늘 신경 쓰고 있습니다.

그래서 착안한 것이 얼굴 사진이 들어간 스티커를 명함에 붙이는 것이었습니다.

힌트가 된 것은 친구가 보내온 사진이 들어간 엽서였습니다. 똑같은 엽서라도 아이들의 사진이 들어가 있으면 왠지 버리기가 꺼려지지요. 천벌을 받을 것 같아서 말입니다. 나도 '뭣 때문에 남의 아이들 커가는 모습을 이렇게 모으고 있을까?' 생각할 정도로 그런 엽서는 쉽게 버리지 못하고 계속 보관하고 있습니다.

즉, 왠지 양심이 찔릴 테니까 얼굴 사진이 들어간 명함은 쉽사리 버리지 못할 것이다. 저는 이 점을 노린 것입니다.

얼굴 사진이 들어간 명함은 쉽게 버리지 못한다, 계속해서 명함철에 남아 있다, 다른 사람의 명함을 찾다가도 어쩔 수 없이 내 얼굴 사진을 계속 보게 된다.

그 사람이 명함철을 펼칠 때마다 '나를 기억해 줘요!' 또는 '나를 잊으면 안 돼요!' 하고 말없이 호소하고 있는 셈이므로, 이것은 잠재의식 효과와 비슷한 효과를 기대할 수 있지 않겠습니까?

하루에 수도 없이 명함철을 꺼내보는 사람이라면 내 얼굴이 점점 머릿속에 각인되어, 잊힐 무렵에 전화를 해도 더 이상 모르는 사람이라고 생각되지는 않을 것입니다. 따라서 이렇게 강력한 광고는 찾아보기 어려울 것입니다.

또 어떤 사람은 명함을 만들 때 보통 명함보다 약간 크게 발주한다고 합니다. 그러면 명함을 묶었을 때 반드시 그 사람의 명함만 튀어나오게 됩니다. 어쨌든 눈에 띄게 되지요. 그렇게 해서 이름을 기억하게 했다고 하더군요.

흔히 '명함은 그 사람의 분신'이라고 합니다. 바로 그렇기 때문에 자신을 파는 것이 사명인 영업사원들로서는 명함이 버려지면 곤란합니다. 하지만 조금만 머리를 써서 영업에서 살아남을 수만 있다면 명함의 광고효과를 더욱 활용해야 한다고 생각합니다.

**Point**

명함을 보면 얼굴이 떠오르고 어떤 대화를 나누었는지 떠올릴 수 있는 명함이 아니라면 그것은 휴지조각이나 마찬가지입니다. 즉, '자기광고'로서 실패한 것입니다. '명함은 그 사람의 분신'이라고 할 수 있으므로 머리를 써서 쉽사리 버려지지 않을 명함을 만들도록 노력해야 합니다.

# 자신이 좋아하지 않는 상품은 잘 팔 수 없다

"이건 가전제품이라서 제가 팔기는 무리예요. 컴퓨터라면 몰라도요."

이런 식으로 말하는 영업사원이 유능하다는 이야기를 나는 들어본 적이 없습니다.

2003년, 나는 『당신은 뭐든지 팔 수 있다』라는 제목의 책을 낸 적이 있는데, 유능한 영업사원이라면 연필 한 자루에서 주택까지 뭐든지 잘 팔 수 있어야 한다고 생각합니다.

예를 들어 내가 상사로부터 갑자기

"아사쿠라, 오늘부터는 커피를 팔도록 해."

하는 지시를 받았다고 합시다. 그러면 나는 곧바로 두뇌를 전환시켜 커피 매출을 압도적으로 높일 자신이 있습니다. 왜냐하면, 그런 지시를 받으면 맨 먼저 나는 '이 제품을 팔기 위해서는 어떻게 하면 되겠는가?' 생각하기 때문이지요. 설사 자사 상품이 다른 회사 제품보다 못하다 해도 어떻게든 자사 상품의 좋은 점을 찾아내야 합니다.

그리고 이렇게 말합니다.

"확실히 A사의 커피는 맛이 좋습니다. 하지만 우리 회사 제품은 향기가 전혀 다릅니다. 커피는 향기가 중요하지 않습니까?"

팸플릿에 나와 있는 대로만 설명할 것이 아니라 이렇게 자신만의 표현방식으로 상품의 장점을 어필해야 합니다.

이는 어떤 상품을 팔거나 마찬가지입니다.

'이 따위 제품이 팔릴 리가 있나?!' 하며 팔리지 않는 이유를 상품 자체나 시기 탓으로 돌려서야 물건이 잘 팔릴 리가 없지요. 우선 여러분이 가장 먼저 그 상품의 팬이 되지 않으면 안 됩니다.

사원교육연구소에서 영업을 하던 시절 내가 취급했던 상품은 '교육'이었습니다. 다시 말해 고객들이 직접 눈으로 확인할 수 있는 '물건'이 아니지요. 형태가 없는 상품을 판다는 것은 상대방이 상품을 머릿속에 확실하게 연상하지 못하는 한 상품을 사주지 않습니다.

요컨대

"잘 모르겠지만, 아사쿠라 씨의 얘기를 듣고 있자니 한번 해 보고 싶은 생각이 드네요."

하고 상대방이 결심을 했기 때문에 비용을 지불해주었다고 생각합니다.

그것은 내가 상품에 미치고 게다가 '아사쿠라'라는 부가가치를 붙여서 자신 있게 제안을 했기 때문에 얻을 수 있었던 성과라고 할 수 있습니다.

만약 내가 우리 회사 상품에 자신이 없었다면 어땠을까요?

'아, 담당자가 날 만나주기나 할까?'

'이런 상품으로 창피를 당하는 건 아닐까?'

하는 식으로 생각했다면 나는 분명 갈피를 잡지 못하거나 불안해했을 것입니다.

거래처의 안내 창구 여직원이 여러분의 그런 모습을 알아채는 순간, 분명히 말해 두지만 여러분은 더 이상 그 회사와의 거래는 생각하지 않는 것이 좋습니다.

방문영업을 할 때 가장 먼저 부딪히게 되는 난관은 입구의 자동문이 열리고 나서의 7초간입니다. 그곳에서부터 안내 창구까지 얼마 되지 않는 거리를 방아깨비처럼 연신 고개를 숙이며 미안하다는 듯이 걸어가는 사람이 있는가 하면, 당당하게 가슴을 펴고 다가가는 사람도 있습니다. 여러분은 어떤 식으로 걸어가시겠습니까?

나의 경우는 자동문이 열리면 밝게 인사를 한 다음 안내 창구까지 모델이 걷는 것처럼 당당하게 걸어가지요.

'자, 모두들 나를 보세요! 아주 유익한 정보를 가지고 왔어요. 나를 담당자에게 연결시켜주지 않으면 손해예요.'

하는 기분으로 말입니다. 때로는 안내 창구 여직원이 쑥스러운
지 고개를 돌려버린 적도 있었지요.

그리고 안내 창구에 도착하면 우선 가방을 내려놓고 침착한 목소
리로 "저는 사원교육연구소에서 온 아사쿠라라고 합니다." 하고 자
신을 소개하며 명함을 내밉니다.

그렇기 때문에 나는 문전박대를 당한 적이 거의 없습니다.

첫인상이 결정되기까지의 7초간. 그 사이에 상대방은 본능적으
로 여러분에 대한 결론을 내리는 것입니다.

잘 팔리지 않는 것은 물건 탓도 아니고 시기 탓도 아니라는 말의
의미를 이제 충분히 이해하셨습니까?

여러분이 그 상품의 팬이 되지 못했기 때문에 고객들에게 자신
있게 권하지 못하는 것입니다. 그러므로 우선은 여러분이 먼저 자
기 상품에 매료되고 그 상품을 파는 자신에 대해 긍지를 가지며 첫
대면할 때의 7초를 휘어잡는 것에서부터 시작합시다.

**Point**

'자, 모두들 나를 보세요! 아주 유익한 정보를 가지고 왔어요. 나를 담당
자에게 연결시켜주지 않으면 손해예요.' 하는 기분으로 당당하게 걸어갑니
다. 첫인상이 결정되기까지의 7초간. 그 사이에 상대방은 본능적으로 당신
에 대한 결론을 내리기 때문입니다.

## 15

# 사람의 본성은 떠날 때 나타난다

"자, 그럼 이만 실례하겠습니다."

하고 돌아서자마자 다시 뒤돌아보면서,

"아 참, 그런데……"

하고 말을 꺼냅니다.

잘 아시다시피 『형사 콜롬보』에서 늘 보던 장면인데 이런 장면은
아무리 보아도 멋있습니다. 왜냐하면, 본론은 '아 참, 그런데……'
한 다음에 이어지는 '말이 나온 김에' 하는 식의 대화로부터 시작
되기 때문이지요.

사람은 허를 찔렸을 때 무심코 속내가 드러나는 법입니다. 그러
므로 이 '콜롬보 대사'는 그대로 영업에도 활용할 수 있습니다.

이런 대화를 활용할 기회는 상담을 마무리했는데 거절을 당했을

때가 적당합니다.

"고마웠습니다. 다음에 또 일이 있을 때 잘 부탁드리겠습니다."

하고 자리에서 일어섭니다. 그때, 콜롬보 식으로 뒤돌아보면서 넌지시,

"그런데 오늘 상담이 성공하지 못한 진짜 이유는 무엇입니까?"

하고 물어보는 것입니다.

'고마웠습니다.' 하는 한 마디로 일단 상담은 끝이 났으므로 상대방도 긴장에서 해방되어 있지요. 그래서 '사실은 예산이 좀……' 하며 무심코 속내를 드러내는 수도 있는 것입니다.

똑같은 상품이라도 잘 파는 사람이 있고 못 파는 사람이 있는 것은 말솜씨의 문제도 아니고 근성의 문제도 아닙니다. 그것은 얼마나 상대방의 마음을 통제할 수 있느냐에 달려 있습니다. 그러므로 이러한 심리작전을 잘 숙지해 두면 영업을 할 때 절대적으로 유리하지요. 어쨌든 유명 형사도 이 방법을 쓰고 있으니까요.

나는 영업을 하면서 별로 도움도 되지 않는 말을 장황하게 계속 지껄이는 것을 아주 싫어합니다. 그건 어차피 시간 낭비일 뿐이며 살 마음도 없는 상대와 친구가 되어 봐야 별 도움도 되지 않지요.

막판에 그렇게 계속 질기게 매달릴 바에는 차라리 일단 원점으로 돌아가서 새로운 마음으로 다시 시작하는 편이 빠릅니다.

축구에서도 흔히 수세에 몰리면 스스로 공을 경기장 밖으로 차 낸 다음 전열을 정비하지 않습니까? 그와 마찬가지로 일단 기세를 꺾어주는 것이 좋습니다. 그렇게 함으로써 한 숨을 돌리고 다른 각도에서 공략해 나갈 수가 있지요.

그것이 바로 '고마웠습니다.'라는 한 마디인 것입니다. 여기서 일단 업무 모드를 끊어주었기 때문에 '그런데 오늘 상담이 성공하지 못한 이유는……' 하는 질문에 대해 그때까지 상대방이 한 번도 입 밖에 내지 않던 '예산이 없다'는 말을 유도해 낼 수 있었던 것입니다.


이야기가 약간 다르지만, 예를 들어 내가 인사부의 채용 담당자라고 합시다.

면접을 보러 온 A 씨는 외모도 예쁘고 활달한 직장여성 타입이었습니다. 회의실로 들어가기 전에 얌전히 문을 노크하고 목례를 한 후 자리에 앉았고, 말하는 투나 매너도 완벽하여 이렇다 할 결점이 보이지 않는 여자였지요.

그런데 '네, 됐습니다.' 하고 면접을 마치는 순간 A 씨는 갑자기 한숨을 내쉬며 어깨를 늘어뜨려, 들어올 때와는 완전히 모습이 달라졌습니다.


나라면 우선 A 씨를 채용하지 않겠습니다.

왜냐하면, 그 사람의 본성은 그 자리를 떠날 때 나타난다는 법칙이 있기 때문입니다.

다시 말해 그 여자의 경우는 면접을 받기 전에는 괜찮았지만, 막상 긴장에서 해방되자마자 평소의 단정치 못한 모습이 그대로 드러났던 것입니다.

즉, 면접이 끝난 후의 자세가 진짜 A 씨의 모습이며 그런 사람은 언제 태도가 돌변할지 모르는 사람입니다.

마쓰시타(松下)전기산업주식회사의 창업자인 고(故) 마쓰시타 고노스케(松下幸之助) 씨는 면접 담당자에게 자주 이렇게 이야기했다고 합니다.

"면접을 볼 때 절대로 마지막을 놓치지 마라!"

그렇습니다. 면접이 끝나고 긴장이 풀어졌을 때 비로소 그 사람의 본질이 나타난다는 사실을 마쓰시타 씨는 간파하고 있었던 것입니다.

처음 만난 순간에는 누구나 자신을 잘 보이려고 하는 법입니다. 그러므로 상대방의 본성을 알고 싶다면 그 자리를 떠나는 순간을 놓쳐서는 안 됩니다.

또한 상대방은 여러분의 뒷모습도 계속 주시하고 있으므로 상대방 앞에서는 마지막까지 방심하지 않도록 하는 것이 좋습니다. 그

마지막 순간 내쉬는 한숨이나 축 처진 뒷모습 때문에 여러분은 소중한 기회를 놓치게 될 지도 모르기 때문입니다.

똑같은 상품이라도 잘 파는 사람이 있고 못 파는 사람이 있는 것은 얼마나 상대방의 마음을 통제할 수 있느냐의 차이입니다. 축구에서도 수세에 몰리면 스스로 공을 경기장 밖으로 차낸 다음 전열을 정비하듯이, 일단 '고마웠습니다' 라는 말로 한 번 업무 모드를 끊어주었다가 다시 공략합니다.

# 아사쿠라식
# 완벽한 영업 방법

# 항상 핵심을 찾아서 설득하라

급한 일일수록 바쁜 사람에게 맡기라는 말이 있습니다. 왜냐하면, 바쁜 사람일수록 일을 빨리 처리하니까요. 바쁜 사람은 일 하나 하나에 시간을 오래 할애할 수 없으므로 최대한 일을 빨리 끝내려고 연구를 합니다. 따라서 전화를 붙잡고 오랫동안 통화하는 일 따위는 엄두도 낼 수 없지요. 어쨌든 사소한 낭비를 줄여나가는 재주가 뛰어납니다.

내가 존경하는 사람 중에 다카이 노부오(高井伸夫)라는 변호사 선생님이 계신데, 그 분은 일하는 게 놀라우리만큼 빠르십니다.

빌딩 15층에서 배웅하고 난 뒤 선생님이 타신 엘리베이터가 1층에 도착할까 말까 하는 시간에 벌써 '오늘 고마웠어.' 하는 팩스가 내 책상 위에 놓여 있습니다. 즉, 나와 헤어진 뒤 바로 사무실로 전화를 걸어 직원에게 팩스를 보내도록 지시를 내리시는 것입니다.

또 그 선생님은 용건이나 아이디어에 대한 생각이 떠오르는 즉시 카세트테이프에 녹음을 해 둡니다. 그리고 회사에 돌아가서 비서에게 테이프에 녹음된 내용을 옮겨 적도록 하지요. 또 테이프에 녹음을 할 때는 직원의 이름도 아사쿠라는 'A', 다나카는 'T' 하는 식으로 줄여서 녹음을 하는데, 선생님은 모든 일을 이런 식으로 철저하게 합리화시킴으로써 빡빡한 스케줄을 어렵지 않게 소화해 내십니다.

'겨우 직원들 이름 정도 가지고 뭘……' 하는 사람도 있을지 모르겠지만, 이렇게 낭비란 낭비는 모두 줄여나감으로써 가령 하루에 10분을 단축할 수 있다면 1년이면 3,650분, 무려 60시간을 창출해낼 수 있는 것입니다. 그러므로 습관이라는 것은 절대 무시할 수 없지요. 유능한 사람이란 이렇게 잘 버릴 줄 아는 사람이라고 생각합니다.

대조적으로 일이 서툰 사람은 뭐든지 보관하기를 좋아합니다.

좀 듣기 좋게 표현해서 그렇지, 바꾸어 말하자면 뭐든지 잘 버리지 못하는 사람을 말하며 이런 사람은 뭐든지 쌓아두는 경향이 있지요.

그래서 책상 위에는 항상 서류들이 산더미처럼 쌓여 있고, 전화를 한 번 붙잡으면 놓을 줄 모르며, 핑계가 많고, 가방은 무겁기만 합니다.

유능한 사람이 최소한을 좋아하는데 반해 무능한 사람은 최대한을 좋아하는 것입니다. 아무것이나 붙잡고 있지 않으면 불안하니까요.

영업을 할 때도, 분명 희망이 보이지 않는데도 계속 예상고객 명단에 소중히 보관해두는 사람이 바로 후자 타입입니다. 그리고 그런 고객 명단을 오래 보관해두고 싶어서 부지런히 전화를 걸기도 하고 찾아다니기도 하고 접대를 하기도 하는데, 이런 영업사원은 여러 가지로 쓸데없는 경비만 낭비하는 문제아라고 할 수 있습니다.

나는 유능한 영업사원은 여자에게도 인기가 있다고 자주 이야기합니다만, 여자들에게 인기가 많은 사람은 쓸데없이 돈을 쓰지 않습니다. 왜냐하면, 돈을 쓰지 않더라도 얼마든지 여자가 따르니까요. 하지만, 이런 사람은 '바로 이때다' 싶을 때에는 아낌없이 거금을 투자합니다.

반면, 여자들에게 인기가 없는 사람은 부지런히 선물을 사주기도 하고 같이 식사도 하면서 큰돈은 아니지만 자주 돈을 쓰지만, 막상 결정적인 순간이 닥쳤을 때는 돈이 없어 여자를 실망시키게 되지요. 그런 사람이 바로 무능한 영업사원으로 회사의 경비를 물 쓰듯 쓰고도 정작 중요한 계약은 놓쳐버리는 전형적인 '헛다리 짚는 타입'입니다.

　여자들에게 인기가 있는 사람은 족집게 같은 공격으로 여자를
공략해 나가는데 반해, 인기가 없는 사람은 많은 여자 친구만 만듭
니다. 그렇기 때문에 그 누구와도 진지하게 사귀지 못하고 그저 이
용만 당할 뿐이지요.
　영업을 하면서 친구관계는 일절 필요 없습니다. 그리고 결과로
이어지지 않는 경비는 필요경비가 아닙니다. 필요하다면 자비(自
費)를 들여서라도 상대방을 설득할 각오로 항상 핵심을 찾아서 최
선을 다합시다!

유능한 사람이 최소한을 좋아하는데 반해 무능한 사람은 최대한을 좋아합
니다. 영업을 할 때도, 분명 희망이 보이지 않는데도 계속 예상고객 명단에
소중히 보관해두고 부지런히 접대를 하는데, 이런 영업사원은 쓸데없는 경
비만 낭비하는 문제라고 할 수 있습니다.

# 17

## 스무 번의 대화보다는 한 번의 술자리를 마련하라

"아가씨, 또 올게요."

"아니 벌써 가세요? 좀 더 있다 가시지 않고요."

"아뇨, 또 올게요. 가자, 치에코."

자주 다니던 술집에 손님이 많으면 아버지는 이렇게 말씀하시고
는 자리에서 일어서면서

"나중에 와서 또 마실게요."

하며 10만 엔을 내놓고 가게를 나서곤 하셨습니다. 멋있죠? 이
런 손님만 있으면 장사 할 만할 것입니다.

중학교 시절부터 나는 이런 아버지의 모습을 줄곧 보아 왔습니
다.

요즘 들어 생각이 났는데, 언젠가 아버지가 술을 한 잔 마시고

집으로 돌아오는 길에 나에게 이런 말씀을 하신 적이 있습니다.

"치에코, 잘 들어 두어라. 아까 그 술집 카운터에서 혼자 술을 마시고 있던 손님을 전에도 본 적이 있지? 그 사람이 하루에 3천 엔어치씩 술을 마시며 한 달 내내 그 가게에 드나들면 한 달이면 얼마나 될까? 9만 엔이잖니? 나는 가끔 한 번씩 가지만 한 번 가면 10만 엔을 놓고 오지. 그런데 그 집 아가씨들은 매일 3천 엔어치씩 계속 팔아주는 손님을 제쳐두고 이따금 10만 엔을 쓰는 손님의 비위만 맞추려고 하잖니? 그런 가게는 머지않아 망할 거야. 장사를 할 때는 가끔 한 번씩 오는 사람보다는 매일 조금씩 팔아주는 단골손님이 더 소중한 법이거든. 이따금 찾아주는 손님에게는 꼬리치면서 매일 찾아주는 손님을 홀대하면 안 되는 거야."

아버지의 그 말씀이 아직도 머릿속에 남아 있어서인지 나는 어떤 고객이든 사후 관리를 소홀히 하지 않도록 유념해 왔습니다. 한번 신용을 얻어 놓으면 그 다음부터는 소개만 받고도 실적을 올릴 수 있지요. 그러나 개중에는 계약을 한 건 성사시키면 곧바로 신규 계약을 위해 그쪽에만 신경을 쓰고 이미 확보한 고객은 거들떠보지도 않는 사람도 있는데, 그런 사람에게는 언젠가 반드시 한계가 찾아오는 법입니다.

'모든 세상 살아가는 법은 술집에서 배웠다.'

이 말이 과언이 아닐 정도로 그 동안 나는 술자리에서 많은 것을 배웠습니다. 초등학교 6학년 때 벌써 키가 163센티미터나 되었던 내가 중학생이 되고 나서 아버지를 따라 술집 출입을 하자, 사람들은 곧잘 나를 아버지의 애인으로 오해를 하곤 하였지요.

그러면서 나는 술자리에서 나누는 대화나 술 마시는 모습, 주문하는 자세, 계산하는 태도 등을 보면 그 사람의 성장 내력이나 가정교육, 또 과거에 어떤 교육을 받아 왔는지가 훤히 드러난다는 사실을 알게 되었습니다.

그래서 비즈니스를 할 때도 좀 더 깊이 있는 대화를 나누고 싶다면 고객과 같이 식사를 하거나 술을 한 잔 하기를 권합니다. 왜냐하면, 음식을 함께 공유한다는 것은 서로의 타액까지 받아들일 수 있다는 것을 의미하니까요. 또 생리적으로 맞지 않는 사람과는 절대로 함께 식사를 하거나 술을 마시고 싶지 않을 테니까요. 그러므로 열 번 대화를 나누는 것보다는 한 번 같이 식사를 하는 편이, 스무 차례 만나는 것보다는 한 차례 같이 술자리를 갖는 편이 상대방과의 거리감을 빨리 좁힐 수 있다는 이야기입니다.

그러나 나는 술 한 잔 접대하고 계약을 따내려는 식의 생각은 단한 번도 해본 적이 없습니다. 그렇게 잔머리를 굴리는 행동은 별로 좋아하지 않으며 나의 영업 미학에도 맞지 않으니까요. 또 설사 술자리를 같이 해서 계약이 이루어진다 해도 그런 계약은 규모가 그리 크지 않다는 사실도 잘 알고 있지요.

유능한 비즈니스맨은 술좌석에서 하는 말과 평상시 하는 말에 일관성이 있습니다. 하지만 능력도 없는 사람이 술자리에서 하는 거창한 말은 대부분은 거짓말이기 때문에 이튿날이 되면 미안하다며 사과를 하고 나오는데, 그 모습이 참 보기 딱하지요.

그러므로 내가 비즈니스를 떠나서 함께 술을 마시러 가는 사람은 인간적으로도 매력을 느낄 수 있는 사람이며, 그렇지 않은 사람하고는 절대로 같이 술자리를 하지 않습니다.

그리고 나는 사원교육연구소에 입사했을 당시의 목표대로 입사 3년 만에 연간 1억을 버는 톱 세일즈우먼이 되었습니다. 그러나 나는 결코 구걸조의 영업은 하지 않았으므로 혹시 어떤 사람에게는 내가 건방진 영업사원으로 비쳤을지도 모릅니다. 나는 간혹

"당신이 사장이라면 당신 같은 사람을 고용하시겠어요?"

하는 식의 질문도 서슴치 않았으니까요.

하지만 나는 아무리 실적이 좋아도 나 자신 우쭐대거나 자만하지 않도록 항상 조심했으며, 어느 고객이든 '바로 이 분들 때문에 내가 먹고 살 수 있다' 는 사실만은 잊지 않고 있었습니다.

이제 와 생각해 보면, 그것이 바로 아버지께서 말씀하신 3천 엔 짜리 손님을 소중히 하는 정신이 아니었을까 생각합니다. 그래서 아무리 시대가 바뀌어도 아사쿠라식 영업은 영원불멸하지요.

**Point**

비즈니스를 할 때도 열 번 대화를 나누는 것보다는 한 번 같이 식사를 하는 편이, 스무 차례 만나는 것보다는 한 차례 같이 술자리를 갖는 편이 상대방과의 거리감을 빨리 좁힐 수 있습니다. 그러나 그것으로 계약을 따내려는 얄팍한 행동은 영업 미학에 맞지 않습니다.

# 18

## 호락호락하지 않은 영업사원이 되라

언제든지 연락만 하면 당장 달려오는 사람은 '다루기 쉬운' 이라고 할 수 있으며, 쉽게 공략할 수 있을 것 같으면서도 좀처럼 공략되지 않는 사람은 '호락호락하지 않은 사람' 이라고 할 수 있지요.

영업사원들은 자칫 전자(前者)의 유형이 되기 쉽지만 사실은 '호락호락하지 않은 사람' 이 되지 않으면 안 되는데, 어째서 그런지 그 이유를 말씀드리겠습니다.

예를 들어 전화로 만날 약속을 잡았다고 합시다. 상대방이 언제올 수 있느냐고 물었을 때 지금 당장 가겠다고 대답하는 사람이 바로 다루기 쉬운 영업사원입니다.

왜냐하면 '지금 당장 갈 수 있다 = 일이 없는 한가한 영업사원' 이라는 등식이 성립되기 때문이며, 그런 식으로 대답하는 순간 여러분은 이미 자신을 헐값에 팔아버린 것이나 마찬가지입니다.

호락호락하지 않은 영업사원이라면 이럴 때 분명,

"9일 오후나 10일 오전 중에 찾아뵈면 어떨까요?"

하고 역으로 제안할 것입니다. 그러면 상대방은 '이 사람은 참 바쁘기도 하구나', '이 기회를 놓치면 안 되겠구나' 하는 생각이 들 것입니다. 이런 식으로 어디까지나 자기가 주도권을 쥐고 상대방으로 하여금 선택하게 해야 합니다.

또, 거래처를 방문해서도 호락호락하지 않은 영업사원들은

"사실은 조금 전에 다녀온 회사에서 들은 정보가 있는데요……"

하며 구미가 당기도록 이야기를 꺼내놓고 상대방이 관심을 보이기 시작하면,

"자 그럼, 자세한 내용은 다음에 만나서 얘기하도록 하죠."

하며 상대방에게 여운을 남기고 돌아서는 것입니다. 이럴 때 요령은 시간을 끌면서 오래 머무르지 말아야 한다는 것입니다.

그러면 상대방은,

"다음에 언제 온다구?"

하며 조바심을 내게 되지요. 실제로 다음에 가 보면 벌써 메모지를 준비해 놓고 기다리고 있으니까 말입니다.

나는 이왕에 영업이라는 일을 할 바에는 '이 사람을 자꾸 만나고

싶다', '사귀고 싶다' 하는 생각이 들게 하지 않으면 성공할 수 없다고 생각합니다. 그러기 위해서는 호락호락하지 않은 영업사원의 상징인 '한 발짝 물러나는 영업'이 반드시 필요합니다.

증권 파이낸스 회사에 근무할 때도 나는 이 한 발짝 물러나는 영업을 하여 적지 않은 도움을 받았지요. 나는 '이 주식을 사시지요.' 하고 권하는 것이 아니라 이런 식으로 권유를 했습니다.

"이 정보는 확실해요. 그러니까 고객님께 우선적으로 말씀을 드리는 거예요. 만약 고객님께서 필요 없으시다면 이 정보를 B 씨에게 넘겨줘도 괜찮으시겠어요?"

"아니, 잠깐만 시간을 줘. 어떻게 자금을 마련해 볼 테니까."

그래도 상대방의 사정이 여의치 않아 그 제안을 받아들이지 못하고 나서,

"그때 역시 아사쿠라 씨의 말을 들었어야 했는데 말이야."

하는 식으로 후회를 하면,

"다음에 또 기회가 있으니까 괜찮아요. 다음에 좋은 건이 있으면 또 정보를 드릴 테니까 그때는 제 말씀대로 하실 거죠?"

하는 식으로 다짐을 받아두는 것이 좋습니다.

그러면, 다음에 정보를 알려주었을 때 상대방은 곧바로 반응해 오지요. 과거에 한 번 실패한 경험이 있으니까 말이에요.

개중에는 '영업을 하는 주제에 너무 건방지다'며 불쾌감을 나타

내는 사람도 있는데, 그럴 때는 나는 이런 식으로 생각합니다.

"이런 속 좁은 남자를 상대할 바에는 시간이 아까우니까 차라리 다른 곳으로 가자! 이 사람 말고도 고객은 얼마든지 있어."

그 정도의 각오가 되어 있지 않으면 진정 '호락호락하지 않은 영업사원'이 될 수 없습니다.

**Point**

상대방이 언제 올 수 있느냐고 물었을 때 지금 당장 가겠다고 대답하는 순간 당신은 이미 자신을 헐값에 팔아버린 것이나 마찬가지입니다. 호락호락하지 않은 영업사원이라면 어디까지나 자기가 주도권을 쥐고 상대방으로 하여금 선택하게 해야 합니다.

# 19

## 좀처럼 공략되지 않는 사람을 공략하라

나는 사원교육연구소에 근무할 때, 모두들 거북하다고 기피하는 회사로부터 곧잘 연수 계약을 따내곤 했습니다. 그런 회사는 말하자면 미개척지이기 때문에 개발할 여지가 많이 남아 있지요.

또 예를 들어 이미 다른 회사의 연수를 도입하고 있는 곳이 있다고 합시다. 그런 사실을 알게 되면,

"아, 그렇습니까? ○○의 연수를 받고 계시는군요."

하고 이내 포기해버리는 영업사원들이 많습니다.

하지만 나는 기존에 쓰던 상품을 다른 회사 제품으로 바꾸는 것은 그리 어려운 일이 아니라고 생각합니다.

원래 내가 팔고자 하는 상품에 이미 관심을 가지고 있으므로 기존 제품과의 차이점만 설명해주면 되니까 이야기가 빠르지요.

처음 접촉하는 회사라면 어째서 사원교육이 중요한지, 어째서 우리 회사의 상품을 선택해야 하는지, 왜 내가 이 일을 맡고 있는지에 대해 일일이 설명을 해주어야 할 테니까요.

까다롭고 거북한 고객이라고 하면 찾아가 보지도 않고 일찌감치 포기해버리는 영업사원들이 많습니다. 하지만 모두들 그렇게 부딪쳐보지도 않고 일찌감치 포기하기 때문에 거기에는 아무도 찾지 못한 보물이 있을 수도 있지요. 그러니까 어려운 고객일수록 과감하게 도전해 보아야 합니다.

그러면 상대방은 용케도 찾아왔다는 반응을 보이게 되지요.

"우리 회사에 찾아오기 힘들었지요?"

"네, 솔직히 그랬습니다."

하는 식으로 이야기는 의외로 쉽게 풀릴 수도 있습니다.

전화로 상담 약속을 잡으려고 할 때도, '우리 회사는 필요 없어요.' 하는 식으로 냉담한 반응을 보이는 사람일수록 중요 인물이므로 무슨 일이 있어도 반드시 공략해야 할 필요가 있습니다. 반면 장황한 이야기를 잘도 들어주는 착해 보이는 사람은 별로 힘이 없는 사람으로, 그런 사람은 시간은 많지만 결정권은 없는 사람이라고 보아도 될 것입니다.

그건 어째서 그럴까요?

유능한 사람, 중요 인물은 언제나 일에 쫓기지요. 따라서 전화 통화도 길게 하지 않는 법입니다. 예스 노가 분명하고 거절도 잘 하지만 일단 마음에 들면 결단 또한 빠릅니다.

그러나 당연한 이야기지만 그런 사람은 쉽게 공략되지 않습니다. 게다가 '이 사람은 대하기가 참 거북하다.' 하는 선입견을 가지기 때문에 더더욱 영업에 실패하는 것이지요.

이럴 때는 절대 거절당하는 자신의 모습을 상상하지 말아야 합니다. 아이들이 엽차를 나를 때 '엎지르면 안 돼!' 라고 주의를 주면 아이들은 십중팔구 차를 엎지르고 말지요. 왜냐하면, 그런 얘기를 들으면 지레 겁을 먹고 차를 엎지르는 자신의 모습을 상상하기 때문입니다. 그러나 '잘 가져오너라.' 라고 부드럽게 이야기하면 어지간해서는 차를 엎지르지 않습니다. 이렇게 선입견이란 무서운 것이지요.

그러므로 그 사람이 중요 인물이라는 사실을 알게 되면 '딱 12분간만 시간을 내주십시오.', '한 번만 기회를 주십시오.' 하는 식으로 설득하여 우선은 면담 기회를 잡아야 합니다. 그런 다음에는 상담을 오래 끌지 말고 요점만을 강조하면서 계약을 성사시킬 수 있다는 것을 전제로 하여 이야기를 진행해 나가는 것이 좋습니다.

이렇게 영업사원 누구나가 기피하는 좀처럼 공략되지 않는 사람을 공략했을 때의 기쁨은 더욱 각별할 것입니다. 계약 자체도 규모가 비교적 크지만 무엇보다도 중요한 것은 이러한 성공은 스스로의 자신감으로 이어진다는 것입니다.

따라서 영업을 할 때는 미리부터 겁먹거나 기피하는 일은 절대 없어야 합니다. 사람들의 손이 닿지 않는 곳이야말로 개척할 가치가 있는 것입니다.

**Point**

까다롭고 거북한 고객이라고 하면 찾아가 보지도 않고 일찌감치 포기해버리는 영업사원들이 많습니다. 하지만 모두들 그렇게 부딪쳐보지도 않고 포기하는 그곳에는 아무도 찾지 못한 보물이 있을 수도 있습니다. 이럴 때는 절대 거절당하는 자신의 모습을 상상하지 말아야 합니다.

# 20

# 화분이 시들어 있는 회사는 일찌감치 포기하라

지금까지 수백 차례 이상 기업들을 찾아다니면서 상담을 해보고 내린 결론은, 역시 회사의 수준을 결정하는 것은 뭐니 뭐니 해도 사람이라는 것입니다. 나는 거래처에 도착하면 맨 먼저 그 회사의 직급이 없는 젊은 직원부터 살펴봅니다.

어째서 그런가 하면, 어느 정도 나이가 들어 가정을 이루고 회사에서도 어느 정도 직함이 있는 사람들은 현재 상태를 유지하려 하기 때문에 회사를 그만두려고 하는 사람이 거의 없습니다. 하지만 아무런 직급도 없는 20~30대 초반의 젊은 직원들은 말하자면 신분이 자유롭다고 할 수 있지요.

연령적으로 아직 다른 '회사로 옮기기에도 충분하며, 아무 거리낄 것이 없고 부담 없는 위치에 있는 이런 직원들의 눈이 순수하게 반짝반짝 빛나는 회사는 장래성이 있는 회사라고 할 수 있습니다.

반면, 근무시간인데도 딴 짓을 하고 있거나 젊은 직원들의 눈에 총기가 없고 죽어 있는 회사는 별 희망이 없는 회사라고 할 수 있습니다. 영업을 하다 보면 수십 개 중에 하나 정도 그런 회사가 실제로 있습니다.

안내 창구 앞에서 큰소리로 인사를 해도 전혀 반응을 보이지 않으며, 분명 내가 인사하는 소리가 들렸을 텐데 아무도 자리에서 일어나는 사람도 없고 모른 척하고 있지요.

내가 '실례합니다!' 하고 소리를 치면 그때서야 입구 부근에 앉아 있던 젊은 여직원이 느릿느릿 일어납니다.

"담당하시는 분 계신가요?"

하고 물으면,

"지금 담당자 없는데요."

하는 식으로 대단히 쌀쌀맞게 손님을 맞습니다.

이럴 때 나도 모르게 '이런 사람이야말로 교육을 시켜야 한다'는 생각이 드는 것은 내가 '초등학교 선생님' 같은 마음에서 그러는 것일 뿐, 사실 비즈니스에서는 이런 회사에는 힘을 쏟으면 쏟을수록 낭비일 뿐입니다.

또 한 가지 예를 들어 보겠습니다.

이제 담당자와 상담을 하기 위해 응접실까지 안내를 받았다고 합시다. 이럴 때 나는 가장 먼저 화분을 체크해 봅니다. 그러면 어떤 회사에서는 아무도 화분에 물을 주지 않아 식물이 시들어 있고 바닥에는 나뭇잎이 떨어져 있는 경우를 볼 수 있는데, 이런 회사도 중병을 앓고 있다고 할 수 있습니다.

문제는 식물이 시들어 있다는 사실이 아니라 식물이 시들어 있는 것을 알아차리는 사람이 아무도 없다는 사실입니다.

그런 회사는 사장을 필두로 하여 모든 직원들의 감각이 둔해서 잘못된 것을 잘못된 것이라고 전혀 느끼지 못하고 있으며, 이런 회사에 아무리 사원교육을 권장한다 해도 계약이 성사될 가능성은 희박합니다.

왜냐하면, 이 회사 직원들한테서는 회사를 발전시키려는 의지가 거의 보이지 않으며, 실제로 담당자와 대화를 나누어 봐야 '우리 회사는 아직 그런 사원교육은 필요 없어요.', '그럴 예산이 없어요.' 하는 대답만 들을 뿐입니다. 잘못된 회사일수록 전혀 위기감을 느끼지 못하는 법이지요.

예전에 한 번은 너무나도 둔감한 담당자를 보고 나까지 너무 화가 나서,

"마지막으로 한 말씀만 드려도 되겠습니까?"

하고, 미리 양해를 구한 다음 이렇게 쏘아부친 적이 있습니다.

"나는 이 시든 꽃에 물을 줄 수 있는 그런 직원들을 키우고 싶은 겁니다!"

그런데, 이렇게 망해가는 회사를 가려내기 위해서는 그 회사의 홈페이지를 살펴보는 것도 한 방법입니다.

홈페이지에는 돈과 관련된 것과 그렇지 않은 것 두 가지 타입이 있습니다.

점집과 같이 취미성이 강한 홈페이지라면 그냥 방치해 두어도 무방하지만, 홈페이지를 통해 세미나의 참가신청을 받는 등 금전이 관련되는 경우에는 항상 최신 정보가 실려 있지 않으면 아무 의미가 없습니다.

예를 들면, 벌써 12월인데 아직도 9월 세미나에 대한 안내가 게재되어 있는 회사도 있습니다.

홈페이지가 이렇게 갱신되지 않는 원인으로는 그런 사실을 깨닫는 사람이 없거나 깨달았다 하더라도 고치려는 사람이 없거나 혹은 회사가 그런 면에 어지간히 둔감하거나 여러 경우를 생각해 볼 수 있습니다. 하지만 적어도 홈페이지 제작회사에 돈을 지불하지 않았다는 이야기가 되기 때문에 자연히 그 회사는 자금사정이 좋지 않은 모양이구나 생각하게 되는 것입니다.

기업 이미지로도 직결되는 홈페이지를 서너 달씩이나 갱신하지 않는 회사는 젊은 직원들의 눈에 활기가 없는 회사나 화분이 시들어 있는 회사와 함께 문제가 있다고 할 수 있으며, 이렇게 희망이 보이지 않는 회사는 위와 같은 문제점들을 한꺼번에 다 갖추고 있는 경우가 대부분입니다.

　다행인지 불행인지, 나는 서른다섯이라는 늦은 나이에 영업 일을 시작해서 '이 회사는 왠지 느낌이 안 좋은데.' 하는 인생 경험에서 오는 감각에는 자신이 있었습니다.

　내 예측대로 처음에 좋지 않은 느낌을 받았던 회사는 설사 계약이 이루어진다 하더라도 문제가 많이 발생하였습니다. 따라서 그런 회사에 계속 시간과 노력을 쏟아 부을 필요는 전혀 없지요.

　화분이 말라 있는 회사는 오늘부터라도 주의해 볼 필요가 있습니다.

아무도 화분에 물을 주지 않아 식물이 시들어 있는 회사를 종종 볼 수 있는데 이런 회사는 중병을 앓고 있다고 할 수 있습니다. 또한 홈페이지를 통해 세미나의 참가신청을 받는 등 금전이 관련되는 경우에는 항상 최신 정보가 실려 있지 않으면 문제가 있다고 할 수 있습니다.

# 21

## 한걸음 물러나는 기술을 익혀라

고객은 무척 서두르고 있습니다.

응접실에 들어서고부터 계속 시계를 힐끗힐끗 쳐다봅니다.

그런데도 느릿느릿 기획서를 꺼내들고는 '실은 이번 기획은 ……' 하며 장황하게 설명하기 시작하는 영업사원이 있습니다.

실제로 내 부하 중에도 이런 직원이 있었는데, 이런 친구에게는 전혀 악의가 있는 것이 아니기 때문에 이럴 때는 주위에서 귀띔을 해 주지 않으면 안 됩니다.

위와 같은 상황에서 바로 그 친구를 나무랄 수가 없어서 나는 고객에게 '오늘은 시간이 별로 없으신 모양이죠?' 하는 식으로 물었고, 고객이 그렇다고 대답하자 그제야 그 친구도 고객이 시간이 없다는 사실을 깨닫게 되었죠. 중요한 것은 반드시 현장 분위기를 정확하게 파악해야 한다는 점입니다.

그런 경우 무조건 야단만 치면 부하직원은 완전히 의욕을 상실해 버릴 것입니다. 그래서 나는 절대로 그런 식으로는 말하지 않았습니다.

그 친구와 같은 타입은 바로 그 분위기를 파악하는 법이 부족한 것입니다.

그러니까 그 친구는 연애를 할 때도 마찬가지로 원하지 않는 상대방을 억지로 쓰러뜨리려고 하다가 상대방이 반항하자 스스로 상처를 받는 타입입니다.

상대방의 상황을 무시하고 일방적으로 밀어붙이면 당연히 상대방은 여러분의 공세를 피하려고 할 것입니다. 영업을 할 때도 무작정 상대방을 제압하려는 방식은 오히려 역효과를 불러올 수 있으며, 그러면 고객도 주춤거리며 꽁무니를 빼게 됩니다.

그보다는 상대방으로 하여금 무의식적으로 관심을 보이게 만드는 '한 걸음 물러나는 기술'을 익혀 두기 바랍니다. 매력 있는 정보나 기획을 잔뜩 보여준 다음 살짝 덮어버리면 오히려 상대방이 조급해져서 다가오기 마련이지요. 그럴 때 기회를 봐서 재빨리 결론을 내야 합니다.

여러분은 연애를 할 때 이런 경험을 해보지 않으셨습니까?

매일 일정한 시간에 전화를 걸어오는 이성을 귀찮다고 생각하면서도 어느 날 갑자기 전화가 오지 않게 되면 여간 걱정이 되지 않지요. 그런 심리를 영업에 응용한다면, 매일같이 찾아오는 영업사원이 갑자기 보이지 않게 되면 '그 친구 오늘은 안 오네.' 하며 왠지 걱정이 되는 것은 인지상정일 것입니다.

또는 전화를 걸어,

"그런데 다나카 씨, '세 마리 고양이' 이야기 알고 계세요?"

하며 재미있을 듯한 이야기를 꺼냈다가는,

"죄송합니다. 자세한 이야기는 다음에 만나서 해 드릴께요."

하고 전화를 끊습니다.

영업이나 연애나 마찬가지입니다. 밀고 당기는 약간의 심리전술도 중요하지요.

그러므로 일방통행식의 영업은 하지 않는 것이 좋습니다. 어떤 상황 하에서도 우선은 상대방을 면밀하게 관찰해야 합니다. 고객이 지금 무엇을 원하는지, 어떻게 해주면 좋아할 것인지, 어떤 행동을 하면 의심을 받을 것인지, 그런 분위기를 완벽하게 파악할 수 있다면 '여자를 억지로 쓰러뜨리는 식'의 영업이 아닌 '여자가 스스로 쓰러져 주는 식'의 영업을 할 수 있게 됩니다.

부럽게도 세상에는 본능적으로 그런 능력을 갖고 태어난 바람둥이들이 분명 존재합니다. 하지만 설사 여러분이 바람둥이 체질은 아니라 하더라도, 부단한 노력을 통해 70%까지는 그런 능력을 습득할 수 있습니다.

영업실적을 올리고 싶다면 지금부터라도 늦지 않았습니다. 영업계의 바람둥이가 되시기 바랍니다!

**Point**

영업도 연애와 마찬가지로 상대방을 제압하려는 방식은 오히려 역효과를 불러올 수 있습니다. 상대방으로 하여금 무의식적으로 관심을 보이게 만든 다음 상대방이 조급해져서 다가오면 기회를 봐서 재빨리 결론을 내야 합니다.

# 22

# 젊은 직원이라고 얕보면 안 된다

영업을 하면서 잊을 수 없는 실패담이 없느냐는 질문을 받으면 나는 할 말이 없습니다. 언제나 초심으로 영업을 해왔기 때문에 실패를 실패라고 느끼지 않았는지도 모르지요.

하지만 너무 분해서 거의 울상이 되어 회사에 돌아온 적은 있습니다.

3년 동안 공을 들여 영업한 결과 간신히 신입사원 연수를 하기로 결정된 회사가 있었습니다. 아마 3백만 엔 정도 되는 연수였을 것입니다. 일정이나 연수 장소도 최소한으로 줄여 계획을 짰고 이제 연수를 실시하는 일만 남아 있었습니다. 그런데 연수를 하기 직전에 한 직원의 한 마디에 계약은 물거품이 되고 말았던 것입니다.

어떻게 된 내용이냐 하면, 그 '한 직원'이란 사람은 바로 내가 상담 교섭을 하던 담당자의 부하직원으로 그 친구는 처음부터 지옥훈련에 가까운 힘든 연수는 아예 할 생각이 없었습니다. 자신의 상사가 나의 꼬임에 넘어갔다는 듯이 불쾌하게 생각하고 있었던 것이지요.

이미 연수는 결정이 된 상태였는데도 그 담당자가 말하길,

"그 친구가 너무 싫다고 하고, 나도 부하직원의 반대를 무릅쓰면서까지 하기는 아무래도 내키지가 않네요."

결국에는 그 부하직원이 계약을 번복해버렸던 것입니다.

이 한 건으로 나는 그 담당자가 너무나 무력하다는 사실을 절감하고 더 이상의 영업활동을 포기하고 말았습니다. 그리고 아차 싶었던 것은 사실 실권자는 그 담당자가 아니라 늘 옆에 앉아서 재미없다는 듯이 이야기를 듣던 그 부하직원이었다는 점입니다. 그 친구를 구워삶아 놓았어야 했는데 말입니다.

누가 실권자인지 파악한다는 것은 영업활동을 하는데 있어 아주 중요합니다. 왜냐하면, 결정권도 없는 사람을 아무리 설득해 봐야 핵심인사가 받아들이지 않으면 그걸로 모든 것이 끝나버리니까요.

그리고 실권자를 파악할 때 겉보기나 직함만으로 판단하는 것은 위험합니다. 아무리 직함이 부장이라 해도 그 밑에 부하직원이 한 명도 없는 경우도 있으며, 올해 입사한 신입사원이 실권자인 경우

도 있을 수 있습니다.

언젠가 한 회사를 찾아가 응접실에서 담당자를 기다리는데 한참 젊은 친구가 나타나기에,

"이번 건은 어느 분과 상담하면 되나요?"

하고 묻자 그 젊은 친구는,

"아뇨, 제가 결정합니다."

"예? 그래요?"

이런 경우도 실제로 있었으니까요.

어떤 회사의 교육 담당자는 여자 신입사원이었습니다.

'제가 담당입니다' 하며 앳된 여직원이 나타나 나는 속으로 '이런 신입사원하고 상담이 제대로 될까?' 하고 우려했습니다. 하지만 그 여직원은 나와 나눈 상담 내용을 꼼꼼하게 서류로 정리하여 '오늘 이런 분이 찾아왔습니다.' 하고 상사에게 보고하였고 그 후 일사천리로 계약이 이루어진 적도 있습니다.

설사 신입사원이라 해도 그만큼 일을 잘 하기 때문에 중요한 직책이 주어진 것이며, 실제로 그 여직원은 정말 훌륭하게 상사를 보좌했습니다. 나도 그 여직원의 마음에 들었기 때문에 비로소 그 상사를 만날 수 있었지요.

따라서 나는 '이 사람, 정말 능력 있다!'고 느낄 때는 아무리 그

사람이 21~22살 먹은 신입사원이라 하더라도, '○○씨 덕분입니다. 고맙습니다.' 하는 식으로 정중하게 대했습니다. 왜냐하면, 위의 경우도 계약이 이루어진 것은 그 여직원이 처음부터 꼼꼼하게 챙겨준 덕택이었지요.

진짜 능력 있는 사람은 나이나 성별 같은 것과는 전혀 관계가 없습니다. 그러므로 상대방이 여자이거나 젊다고 해서 태도를 바꾸거나 거만하게 대한다면 그 대가는 반드시 자신에게 돌아옵니다.

또 '이 사람에게는 결재권이 없다.'고 느꼈을 때 직설적으로 '당신은 결재권이 없죠?' 하고 물어볼 수는 없지요. 그럴 경우에는,

"가령 귀사에서 제 제안을 통과시키려고 한다면, 어느 분과 의논하십니까?"

하고 물어봅니다. '부장님이지요.' 하는 대답이 돌아오면 이 건에 대한 실권자는 그 부장이지 지금 앞에 앉아 있는 사람이 아닙니다. 그러면 솔직하게 부장님을 소개시켜달라고 부탁을 하면 됩니다.

그리고

"계기를 만들어준 ○○씨 덕분입니다."

하고 반드시 그 담당자를 치하해준 다음 부장과 이야기를 시작해야 합니다.

참고로, 3년 동안 공들인 연수가 무산된 앞서의 일이 일어난 것

은 사원교육연구소에 입사한지 3년쯤 되었을 무렵이었는데, 내게
는 참으로 좋은 경험이 되었습니다. 이야기도 잘 들어주고 예, 예
대답도 잘 해주는 사람이 반드시 실권자는 아니라는 사실을 배웠
으니까요. 그 일을 계기로 나는 실권자를 정확하게 가려낼 수 있도
록 그 후 더욱 나의 눈을 가다듬어 갈 수 있었던 것입니다.

**Point**

누가 실권자인지 파악한다는 것은 영업활동을 하는데 있어 아주 중요합니
다. 그러나 실권자를 파악할 때 겉보기나 직함만으로 판단하는 것은 위험
합니다. 상대방이 여자이거나 젊다고 해서 태도를 바꾸거나 거만하게 대한
다면 그 대가는 반드시 자신에게 돌아옵니다.

# 23

## 갑작스럽게 약속이 취소되면 절호의 기회로 여겨라

'약속이 갑자기 취소되었다.'

참 듣기 싫은 소리지요. 하지만 나는 이렇게 약속이 갑자기 취소되는 것을 아주 좋아합니다. 이상하다고 생각하실지 모르겠지만 이것은 어디까지나 비즈니스 경우의 이야기입니다.

예를 들어 처음 방문을 하기 2주일 전에 약속을 했다고 합시다. 상대방이 바쁘다 보면 혹시 약속을 깜박 잊고 다른 회의에 참석할 수도 있고, 당일 담당자가 휴가일 가능성도 있습니다.

그래서 영업 매뉴얼에는 흔히 이런 식으로 적혀 있지요.

'약속 전날에는 반드시 전화를 걸어 확인하라.'

하지만 나는 그런 확인 전화는 절대로 하지 않습니다. 만약 '내일 약속 이상 없죠?' 하고 확인을 했다가 '역시 만날 필요 없겠네요.' 하고 나오면 어떻게 하죠?

사전 확인은 긁어 부스럼이 될 수도 있으므로 굳이 확인 전화는 하지 않는다. 이것이 상식을 깨는 아사쿠라식 영업 방법입니다.

확인 전화를 하다 보면 역시 막판에 약속을 취소당하는 경우가 반드시 생기지요. 솔직히 상대방은 영업사원과의 약속 같은 것은 아무래도 상관없다고 생각하니까요.

하지만 나는 약속이 갑자기 취소되면 의기소침해하기는커녕, 오히려 행운이라는 생각에 신이 날 지경입니다.

예를 들어 여러분의 애인이 데이트 약속을 갑자기 취소해 버렸다면 다음에 만났을 때는,

"정말 미안해! 당신이 하라는 대로 다 할게."

하면서 용서를 구해올 것입니다.

즉, 데이트 약속에 바람맞은 여러분은 그 다음에는 무조건 우위에 설 수 있지요.

물론 비즈니스의 경우에도 설사 내가 영업사원이라고는 해도 막판에 약속을 취소한 상대방은 당연히 사과를 하게 될 것입니다. 만약 상대방이 사과를 하지 않으면 '약속을 했는데 어떻게 된 일인가요?' 하고 나는 당당하게 이야기할 수 있습니다.

여기서 한 가지 꼭 기억해 두시기 바랍니다.

영업사원은 어떤 경우에도 고개를 숙일 필요가 없습니다. 상대방이 약속을 어겼는데 내가 저자세로 나갈 필요는 전혀 없지요.

왜냐하면, 상대방과 나는 고객과 영업사원이라는 관계일 뿐 인간적으로 상하관계는 아니기 때문입니다. 그러므로 자신이 옳다면 강하게 나가도 되는 것입니다.

하지만 개중에는 약속을 어기고도 사과를 하지 않는 몰상식한 사람도 있는데 그런 사람은 정상적이라고 할 수 없습니다.

수준 이하의 사람을 상대하다 보면 자신도 수준 이하가 되기 때문에 그런 사람은 아예 예상 고객 명단에서 지워 버리는 것이 좋습니다.

그러면 상대방이 약속을 갑자기 취소하면 그 다음에는 어떻게 될까요?

그런 경우 상대방은 다음 기회에는 100퍼센트 나를 만나줄 것이며 계약도 성사될 가능성이 높아집니다. 왜냐하면, 내가 완전하게 우위에 서게 되므로 일정 등을 결정할 때에도 주도권을 잡기가 쉬워지니까요.

또한 영업사원이라면 아침부터 밤까지 약속이 빽빽하게 차 있으므로 자유로운 시간이 거의 없습니다. 그러므로 갑자기 약속이 취소되어 시간이 비게 되면 그 시간은 정말 소중한 시간이지요. 평소에 할 수 없었던 잡무를 처리하거나 상담 약속을 잡거나 하면서 유익하게 시간을 활용할 수 있으니까요.

이렇게 생각하면 갑작스럽게 약속이 취소되는 것도 그리 나쁘지만은 않지요? 운동경기로 말하자면 시드권을 얻은 것이나 마찬가지이지요.

그러므로 나는 오히려 갑작스럽게 약속이 취소되기를 고대하고 있을 정도이며 따라서 약속 전날 전화로 확인하는 일은 하지 않습니다. 상대방이 함정에 빠질 것을 알면서 옆에서 지켜보고 있는 확신범이 되는 것도 스릴이 있어 좋지 않습니까?

제가 너무하다고요?

하지만 괜찮아요. 모범생 식으로 영업을 해서는 절대 최고의 자리에 오를 수 없으니까요.

**Point**

비즈니스의 경우에도 막판에 약속을 취소한 상대방은 당연히 사과를 하게 될 것입니다. 상대방이 약속을 어겼는데 영업사원이라고 해서 저자세로 나갈 필요는 전혀 없습니다. 상대방과 나는 고객과 영업사원이라는 관계일 뿐 인간적으로 상하관계는 아니기 때문입니다.

# 24

# 상담 약속을 위한 전화는 가나다의 역순으로 하라

"오늘 전화 몇 통이나 했지?"

전화 건수를 물어 보면 자랑스럽게 '300통이요' 라고 대답하는 사람이 있습니다.

"그래서 몇 건이나 약속을 잡았지?"

하고 물어 보면, 돌아오는 대답은

"3건이요."

하는 정도가 고작이지요. 그래서 무능한 사람일수록 시간과 경비를 많이 쓴다고 하는 것입니다.

상담 약속을 잡기 위한 전화는 원래 세 번 걸어 세 번 성공하는 것이 최선이겠지요. 하지만 그 세 번의 성공을 위해 몇 통의 전화를 걸었느냐는 문제가 되지 않는다고 생각합니다. 그렇기 때문에 나는 영업사원 시절 하루에 10통밖에 걸지 않은 날에는 솔직하게 일보에 10통이라고 적었습니다.

그러면, 상사는 '솔직한 건 좋지만, 겨우 10통밖에 걸지 않았나?' 하고 꾸지람을 합니다. 상사의 말에 의하면 신입사원에게는 하루에 몇 통이나 걸었느냐가 중요한 의미를 가진다는 이야기였습니다. 자꾸 전화를 걸어 거절을 당함으로써 그에 대한 면역력도 생기고, 배우가 대사를 잘 외우면 연기도 안정을 찾아가듯이 점차 영업상의 말재주도 늘기 때문이랍니다.

확실히 그 말이 맞을지도 모릅니다. 자꾸 반복함으로써 상대방이 나타내는 다양한 반응에 능숙하게 대응할 수 있게 될 테니까요.

하지만 아무 생각 없이 전화를 하게 되면 아무리 많이 걸어 봐야 상대방은 이내 전화를 끊어버리므로 점차 전화하기도 싫어집니다. 그러므로 실적도 오르지 않고, 결국 악순환에 빠지게 되지요.

반면, 유능한 영업사원은 한 통화 한 통화 전화를 걸 때마다 연구를 합니다. 그리고 어떤 목소리로 어떤 내용의 이야기를 나누었을 때 가장 약속을 잘 잡을 수 있었는지 데이터베이스화해 나가므로 점차 성공률이 높아집니다. 또 일단 성공을 하면 스스로도 일이 즐거워지므로 자꾸 전화를 걸게 되고 실적도 점점 늘어갑니다.

상담 약속을 잡기 위한 전화 업무 뿐만은 아니지만, 단조로운 작업일수록 아무 생각 없이 해서는 안 됩니다. 연구를 하다 보면 개선의 여지는 얼마든지 있거든요.

예를 들면, 상담 약속을 잡는 일을 하면서 내가 생각해낸 히트 아이디어는 전화번호부의 끝에서부터 전화를 거는 것이었습니다.

통상 상담 약속을 잡는 전화는 지급된 전화번호부를 보고 'ㄱ' 란에 실려 있는 회사부터 전화를 걸게 되지요. 하지만 나는 일부러 비교적 남들이 잘 걸지 않는 'ㅎ'란에 있는 회사부터 전화를 걸어 나갔습니다. 그랬더니 압도적으로 성공률이 높은 거예요. 왜냐하면, 사람들이 모두들 앞쪽에서부터 전화를 걸다 보니까 뒤쪽에 나와 있는 회사에는 별로 전화를 걸지 않았기 때문이지요. 개중에는 심지어 그런 전화를 기다렸다는 회사도 있었습니다. 그렇게 해서 나는 상담 약속을 잡는 횟수가 급격하게 늘었습니다.

그리고 나서 전화 거는 목소리도 연구를 해 보았습니다. 기본적으로는 낮은 목소리로 천천히 말해야 하지만, 나의 경우는 '오늘은 공주처럼', '내일은 만화영화에 나오는 미네 후지코[4]처럼' 다양하게 목소리를 바꾸어가면서 상대방의 반응을 살폈습니다. 나는 상담 약속을 잡기 위해 전화를 하는 이 일이 서툴렀기 때문에 이런 식으로 즐기면서 하지 않으면 사실 일을 계속해 나갈 수 없기도 했고요.

4 _일본의 유명한 만화영화 『루팡 3세』에 나오는 여자 탐정 캐릭터.

언젠가는 전화를 받은 상대방과 이런 대화를 나눈 적도 있습니다.

"그런데 당신은 몇 살이죠?"

"서른다섯 먹은 혈기왕성한 여자입니~다."

"저기 말이죠, 혈기왕성한 건 열여덟 살까지고요, 서른다섯이면 다 늙은 아줌마죠."

"그래요, 다 늙은 아줌마를 잠깐 만나보시지 않으시겠어요?"

그런데 이럴 경우 가령,

"바쁘신데 대단히 실례입니다만, 저는 ○○의 아사쿠라라고 하는데……"

하고 상투적인 말로 유창하게 이야기를 시작한다면 어떨까요? 그러면 자칫 경원당하기 십상이지요. 여러분이 상대방의 입장이 되어 보면 이해할 수 있을 것입니다.

앞서와 같은 솔직한 대화라면 상대방도 '이 친구 왠지 재미있을 것 같네' 하는 식으로 생각해줄 것이며, 실제로 이 회사의 경우는 나중에 방문하여 상담을 했더니 바로 연수 견학을 신청해 주셨습니다.

또한 나는 상대방이 다음에 보자고 하는데도 자꾸만 물고 늘어지는 영업을 아주 싫어하는데 부탁을 한다면 한 마디 정도 이렇게 말합니다.

"기회를 한 번 주십시오."

라거나,

"한 번 만나 뵙고 나서 두 번 다시 만나고 싶지 않으시다면 더 이상 부탁드리지 않겠습니다."

라고 말입니다.

어떻습니까? 이렇게 이야기하면 만나줄 생각이 30% 정도는 늘지 않을까요?

상대방은 영업사원을 한 번 만나 주면 자꾸 쫓아다니지나 않을까 꺼리는 것입니다. 하지만, 이런 식으로 미리 쫓아다니지 않겠다고 선언을 하면 그러한 공포심을 없앨 수 있지요.

나는 사원교육연구소에 입사했을 때 3년 안에 톱 세일즈우먼이 되겠다는 목표를 세웠습니다. 그래서 나는 최선의 방법으로 최고의 실적을 올리기 위해 항상 연구를 했던 것입니다.

그 결과, 단조로운 작업의 전형이라고도 할 수 있는 전화 거는 일도 머리를 짜내면 실적으로 연결시킬 수 있는 방법이 있다는 사실을 깨달았습니다.

전화를 300통이나 걸어서 3건밖에 약속을 잡지 못한다고 하면 그것은 아무런 연구도 하지 않았다는 증거이며, 이렇게 아무런 연구도 하지 않는 영업사원은 더 이상 자기 역할을 하지 못하는 것이나 마찬가지입니다.

이런 사람은 어느 회사에서나 손실로 이어진다고 간주되기 때문에 언젠가는 구조조정을 당할지도 모릅니다.

유능한 영업사원은 전화를 걸 때마다 어떤 목소리로 어떤 내용의 이야기를 나누었을 때 가장 약속을 잘 잡을 수 있었는지 데이터베이스화해 나가므로 점차 성공률이 높아집니다. 단조로운 작업의 전형이라고도 할 수 있는 전화 거는 일도 머리를 짜내면 실적으로 연결시킬 수 있습니다.

# 25

## 해답은 고객이 쥐고 있다

"다음 주에 또 찾아뵙고 싶은데 괜찮으시겠습니까?"

"다나카 씨라면 A 상품과 B 상품 중 어느 쪽에 더 매력을 느끼십니까?"

"내년에는 귀사에 연수 계획이 있으신지요?"

"이 상품에 대해 어떻게 생각하십니까?"

"시기적으로는 언제쯤이 좋다고 생각하시는지요?"

이런 식의 질문식 화법은 말주변이 없는 상대에게만 효과가 있는 것은 절대 아닙니다. 고객이 갈피를 잡지 못하거나 스스로가 고객을 어떻게 설득하여 상품을 팔아야 할지 방향이 잡히지 않을 때 큰 효과를 발휘하는 것이 바로 질문입니다.

예를 들어 앞서와 같은 질문을 던진다면,

"그럼 다음 주 수요일에 다시 한 번 방문해 주시죠."

"B 상품이 더 좋은데요."

"9월쯤이라면 가능할지도 모르겠네요."

하는 식의 대답을 고객으로부터 유도해낼 수 있을 것입니다.

즉, 고객이 해답을 제시해 주는 셈이지요.

그런데 영업사원이 먼저 '아무래도 B 상품이 더 나은 것 같지요?' 하고 동의를 구하는 식으로 말을 건네면, 고객은 '아 네……' 하고 대답을 하면서도 마치 강요당한 듯한 기분이 들겠지요. 하지만 어느 것을 갖고 싶으냐는 질문을 받고 스스로 어느 것을 갖고 싶다고 대답하면 고객은 결코 기분이 나쁘지 않을 것입니다.

즉, 후자는 강요가 아니라 스스로 선택한 것이므로 고객이 느끼는 기분은 전혀 다르지요.

더구나 이렇게 스스로 의견을 말함으로써 '필요하다', '갖고 싶다' 는 욕구도 더욱 분명해집니다.

그러므로 상담을 마무리 지을 때는 계속 상대방을 몰아붙이기만 할 것이 아니라, 때로는 한 걸음 물러나는 식의 영업을 통해 상대방의 욕구를 유도해 내거나 확인시켜줄 필요가 있습니다.

이제 질문을 하는 기술을 익혔다면 이번에는 고객의 요구사항에 대해서 질문으로 되물어 보는 기술을 배워 봅시다.

예를 들어

"기획서는 언제쯤 볼 수 있을까요?"

하고 고객이 물어왔다고 합시다.

그러면 그 자리에서,

"예, 바로 작성해서 내일 가져오겠습니다."

하는 식으로 스스로 자신의 목을 조를 필요는 없습니다.

만에 하나 급한 일이 생겨 약속한 날짜까지 기획서가 완료되지 못하기라도 하는 경우에는 오히려 좋지 않은 이미지를 주게 되고, 영업사원이 참 게으르다는 오해를 받을 가능성도 있으니까요.

그럴 때는

"언제까지 가져오면 되겠습니까?"

하며 결정권을 상대방에게 맡겨버리는 것이 좋습니다. 그렇게 해서 다행히 고객이 원하는 날짜보다 빨리 보여줄 수 있다면 고객에 대하는 인상은 더욱 좋아지겠지요.


또 '이건 아무리 생각해 봐도 너무 비싸다'고 의견을 제시하는 경우에도 곧바로 가격을 깎아줄 필요는 없습니다.

"얼마 정도면 적당하다고 생각하시는지요?"

"어디 다른 회사의 제품과 비교해 보고 계시는지요?"

하는 식으로 이야기를 접근시켜 나가야 합니다.

나의 경우는 일절 가격을 깎아주지 않았으므로 고객이 가격에

난색을 표시하면,

"확실히 저희 제품은 가격이 비쌉니다. 하지만 거기에는 그럴만한 이유가 있지요."

하는 식으로 고객의 말을 일단 받아들인 다음, 어째서 그런 가격이 나왔는지 상세하게 설명을 해주었습니다. 그렇게 하면 모두들 납득을 해 주시지요.

그리고 우리 연수를 견학해보지도 않고 실시해보지도 않았으면서 우리 회사를 무시하는 사람들을 나는 용서할 수 없었습니다. 하지만 도저히 직접적으로 '당신은 아무 것도 보지 못했으면서 왜 그렇게 아는 척을 잘 하는가?' 하고 면박을 줄 수는 없으므로 점잖게 이렇게 바꿔 말했지요.

"전에 저희 연수를 보신 적이 있으십니까?"

"어째서 그렇게 생각하시는지요?"

하고 말입니다.

그러면 말투에 모가 나지도 않고, 듣는 사람도 '아뇨, 직접 보지는 않았지만……' 하는 식으로 한 걸음 물러서게 되지요.

어쨌든 모든 결론을 혼자서 이끌어내려고 하면 아무래도 표현에 여유가 없어지는 법입니다. 그러므로 입장이 난처할 때는 질문 형식으로 고객의 의견을 유도해 보기도 하고 때로는 카운슬러가 되어 보는 것도 좋습니다. 그러면 의외로 쉽게 계약의 실마리가 보이는 수도 있으니까요.

**Point**

영업사원이 동의를 구하는 식으로 말을 건네면, 고객은 마치 강요당한 듯한 기분이 들 것입니다. 하지만 어느 것을 갖고 싶으냐는 질문을 받고 스스로 어느 것을 갖고 싶다고 스스로 의견을 말하게 하면 기분이 나쁘지 않을 것입니다. 또한 '필요하다', '갖고 싶다' 는 욕구도 더욱 분명해집니다.

## 26

# 엉뚱한 속셈이 있으면 계약도 보잘것없다

예전에 나는 돈 많은 남자에게서 한 달에 백만 엔씩 줄 테니까 자기 애인이 되어 달라는 제안 아닌 제안을 받은 적이 있습니다. 너무나 독선적이고 이상한 아저씨였는데, 외모야 어떻든 간에 나는 그 자리에서 딱 잘라 거절을 했지요. 나는 내 자신이 돈으로 관리된다는 것이 너무 싫었습니다. 그러자 그 사람은,

"내 제안을 거절한 건 자네가 처음이야."

라고 하더군요.

고급 술집의 특급 호스티스도 한 달에 백만 엔씩 준다고 하면 거의 대부분이 넘어간다고 합니다. '그런데도 자네가 내 제안을 거절하다니, 재미있군.' 하면서 그 사람은 오히려 흥미 있어 하였습니다. 만약 내가 그 사람을 진정으로 좋아했다면 땡전 한 푼 없는 가난뱅이였다 하더라도 좋아갔을 겁니다.

영업이라는 일을 하다보면 확실히 여자들에게는 그런 종류의 유혹이 많습니다. 고객의 대부분이 남자들이다보니 예를 들어 상담 약속을 잡으려고 여자가 전화를 걸어오면 '한 번 만나볼까?' 하는 흑심이 발동하여 약속을 받아들이는 사람도 개중에는 있습니다.

그리고 실제 만나면, 식사를 같이 하자거나 손을 잡거나 하는 식으로 엉뚱한 행동을 하면서 '고객이니까 매정하게 뿌리칠 수 없다'는 여자 영업사원의 심리를 최대한 이용하는 것입니다.

예전에 한 여자 영업사원으로부터 이런 상담을 받은 적이 있지요.

"아사쿠라 씨, 영업을 하다 보면 별의별 사람이 말을 걸어오지 않나요?"

"그런 경우도 있지요, 그런데 왜요?"

"사실 나도 늘 유혹을 받고 있거든요."

"그래서 어떻게 대응하고 있나요?"

"딱 거절하면 기분 나빠 할 것 같아서……"

"그런 걸 전부 상대해 주다 보면 몸이 열 개라도 부족해요"

나 역시 딱 잘라 거절하지는 못하지요. 그래서

"고맙습니다. 하지만 고객님과의 업무관계가 소중하니까 굳이 그렇게 개인적인 일은 만들지 않는 편이 고객님과의 인연을 오랫동안 계속 유지할 수 있다고 생각해요. 이 점을 이해해 주시면 고

맙겠네요."

하고 싱긋 웃어 보이면서 거절을 합니다.

그래서 호락호락하지 않은 여자가 되라는 것입니다.

남자들로 하여금 '이 여자 정도는 괜찮겠지.' 하고 쉽게 생각하게 해서는 안 됩니다. '이런 말을 하면 나를 우습게보지 않을까?' 라거나 '대단한 여자니까 나 같은 남자가 유혹해도 쉽게 넘어오지 않겠지.' 하는 생각이 들도록 행동하지 않으면 안 된다는 것입니다.

그렇다고 해서 여자라는 점을 내세우면 안 된다는 이야기는 아닙니다. 개중에는 여자 신분을 최대한 활용하여 계약을 따내는 사람도 있습니다. 그런 사람은 분명하게 목적의식을 가지고 전략적으로 일부러 짧은 미니스커트를 입지요. 하지만 아무 생각 없이 미니스커트를 입는 사람이 있는데 이런 사람은 곤란합니다. 이 점을 아무리 가르쳐주어도 사람들은 좀처럼 고치지 못하지요. 무의식적으로 그렇게 하니까요.

이런 사람들은 여자라는 점을 최대한 활용하여 영업을 하면서도 막상 고객이 손을 잡기라도 하면 '앗, 이게 무슨 짓이에요?' 하면서 펄쩍 뜁니다. 그럴 때 나는 '같이 맞잡아주지 그랬어?' 하고 말해주고 싶어지지요.

어차피 그런 식으로 영업을 하고 있다면 그 정도쯤은 각오하고 시작해야 한다고 생각합니다.

무슨 일이든 어중간해서는 안 되는 것입니다.


여하튼 '자네, 참 고생이 많구만.' 하고 손을 잡으면서,

"고생하니까 내가 한 건 해주지."

하며 선심 써 봐야 고작 몇 푼 되지도 않는 싸구려 계약이지요. 이런 상황에서는 큰 계약이 성사될 가망성이 없습니다.

남자들이란 뭔가를 목표로 하는 동안에는 열심이지만 일단 자기 뜻을 이루고 나면 이내 싫증을 내는 법입니다. 여자를 만나는 목적이 오로지 육체관계를 맺는 것뿐이라면 어떤 여자건 한 번 잠자리를 같이 하고 나면 바로 싫증이 나는 것과 마찬가지라고 합니다.


나의 영업 방침에는 사람들에게 교태를 부리지 않는다는 내용이 있습니다. 개중에는 여차하면 땅바닥에 머리를 조아리는 일도 불사하겠다는 영업사원도 있지만, 나는 도저히 그렇게 하지 못하겠더군요. 그렇게 하는 것이 결코 최후의 수단은 아니라고 생각하기 때문이지요. 요컨대 영업을 하면서 바보까지는 되기 싫다는 뜻입니다.

고객들 덕분에 영업사원들이 먹고 살아갈 수 있다는 것은 분명한 사실이지만, 고객은 한 사람만 있는 것은 아닙니다. 아무리 계약을 해준다고 해서 성희롱까지 하는 사람을 웃으면서 대해 줄 필

요는 전혀 없다고 생각합니다.

　그리고 내 경험상 이것만은 분명히 말할 수 있는데, 훌륭한 고객은 여자 영업사원들의 손을 잡는 따위의 행동은 절대로 하지 않습니다.

**Point**

영업이라는 일을 하다보면 확실히 여자들에게는 유혹이 많습니다. 남자들로 하여금 '이 여자 정도는 괜찮겠지.' 하고 쉽게 생각하게 해서는 안 됩니다. 고객들 덕분에 영업사원들이 먹고 살아갈 수 있다는 것은 분명한 사실이지만, 영업을 하면서 바보까지 되어서는 안 될 것입니다.

# 27

## 클레임을 처리하는 데 대본은 필요 없다

회사 입장에서 결코 무시할 수 없는 것이 고객으로부터의 클레임입니다. 여러분도 잘 아시다시피, 클레임이란 자꾸 덮으려고만 하다가는 잘못하면 회사를 파탄 지경으로까지 몰아갈 수도 있는 무서운 것이며, 바야흐로 인터넷이 많이 보급되어 개인의 클레임도 곧바로 세상에 알려지는 시대입니다.

내가 아는 사람이 도쿄의 한 호텔에 묵었을 때 모처럼 거금을 들여 고급 객실을 예약했는데도 몇 가지 불만스러운 점이 있었다고 합니다.

예를 들면,

'침실의 커튼이 너무 얇아 눈부신 아침 햇살에 잠이 깨버렸다.'

'저녁식사를 할 때 스테이크를 어느 정도로 구울 것인지 물어보

지도 않더라.'

'음료 메뉴에 샴페인이 빠져 있었다.'

등과 같은 내용이었습니다.

그 친구가 출장에서 돌아와 이런 불만 사항들을 적은 편지를 보냈더니 호텔 측으로부터 다음과 같은 답장이 날아왔답니다.

'소중한 의견을 주셔서 대단히 고맙습니다. 커튼은 즉시 전 객실 차광용 원단 제품으로 바꾸어 달았으며, 저녁식사에 관한 의견에 대해서는 그 취지를 주방장에게 전하였고……' 하는 식으로 클레임 내용 하나하나에 대해서 개선책과 그에 대한 보고 내용이 적혀 있었다고 합니다.

결코 고급 호텔은 아니지만 그 성의 있는 태도에 그 친구는 기분이 풀려서 다시 그 호텔을 이용하게 되었다고 하더군요.

이와 같이 클레임은 결코 마이너스 요소만 있는 것은 아닙니다. 클레임에 성실하게 대처하다보면 오히려 회사의 이미지를 향상시킬 수도 있는 것입니다.


그런데 요즈음 텔레비전에서 전혀 성의가 보이지 않는 사죄 기자회견을 자주 보게 됩니다.

예를 들어, 의료 사고로 인해 소중한 생명을 앗아갔음에도 불구하고 그저 발표문 한 장 읽은 다음 약속이나 한 것처럼 대표자가 고개를 숙이면 그것으로 모든 것이 끝납니다.

그것은 진정한 사죄라고 볼 수 없으며 오히려 유족들의 마음을 더욱 아프게 할 뿐이지요. 그런 장면을 보면 나는 가슴이 답답해집니다.

사죄를 할 때는 대본이 필요 없습니다.

아무리 적당히 넘어가려고 해도 자신이 저지른 잘못에 대해 사죄한다는 사실에는 변함이 없습니다. 그렇다면 상대방의 눈을 똑바로 쳐다보고 진심으로 용서를 비는 것이 올바른 태도가 아닐까 생각합니다.

전화로 고객으로부터 클레임을 받았을 때도 마찬가지입니다.

'웃으면서 화를 낼 수는 없다.'고 흔히 말합니다만, 전화를 받을 때는 전화를 건 상대방이 지켜보고 있다고 생각하십시오. 다리를 꼬고 거만한 태도로 전화를 받으면 말투도 거만해지며, 턱을 괸 자세로는 절대로 진심어린 사죄를 할 수 없는 것입니다.

어쨌든 일단 클레임이 들어오면,

"저희가 파악하고 있는 사실과 고객님께서 말씀하시는 내용에 차이가 있으면 곤란하니까 내용을 자세하게 말씀해주시겠습니까?"

하고, 우선 먼저 고객의 이야기를 들어주는 것이 좋습니다.

대부분의 고객들은 회사에 대해 금품을 요구하는 것이 아니라, 자신의 이야기를 경청해주고 성의 있게 대응해 주기를 바랄 뿐입니다.

그리고 이야기를 다 듣고 난 다음에는 '좋은 말씀 감사합니다.' 하는 기분으로 고맙다는 인사를 곁들여야 합니다.

나는 세미나에 참석해서도 일절 대본 없이 강의를 합니다. 왜냐하면, 대본에 쓰여 있는 대로 읽기만 하는 것과 스스로 생각하면서 마음으로 이야기하는 것과는 상대방에게 전달되는 게 전혀 다르기 때문입니다.

클레임은 물론 없는 것이 가장 좋지만, 고객이 늘수록 문제가 발생할 확률이 높아지는 것은 사실입니다.

그래서 클레임이 들어왔을 때 고객에게 진심으로 사죄할 수 있어야 당당하게 영업사원이라고 할 수 있는 것입니다. 능력 있는 영업사원은 클레임을 처리하러 갔다가 다시 신규 계약을 따오는 경우도 있는데, 이는 서로 진심으로 대하다보면 유대가 더욱 깊어질 수도 있기 때문입니다.

또한 상담을 마무리할 때도 대본은 필요 없습니다. 마무리는 말하자면 일종의 프러포즈니까요. 사랑을 고백하는데 쓸데없는 말은 필요 없지요.

그리고 또 한 가지 상담을 마무리할 때 가장 중요한 것, 그것은 절대 웃어서는 안 된다는 점입니다. 프러포즈는 항상 진지하게 해야 하니까요!

대부분의 고객들은 회사에 대해 금품을 요구하는 것이 아니라, 자신의 이야기를 경청해주고 성의 있게 대응해 주기를 바랄 뿐입니다. 대본에 쓰여 있는 대로 읽기만 하는 것과 스스로 생각하면서 마음으로 이야기하는 것과는 상대방에게 전달되는 게 전혀 다르기 때문입니다.

# 훌륭한 영업이란
# 어떤 것인가?

# 28

# 최고를 모방하라, 그리고 앞질러라

나는 원래 천재 타입은 아니지만 노력하는 타입인 것만은 분명합니다.

어렸을 적에 나는 여러 가지를 배우고 싶었지만 부모님이 장사를 하느라 바쁘셔서 그러지를 못했습니다. 피아노나 발레를 배우고 싶은 생각은 있었지만 집안 사정을 뻔히 알고 있던 나는 부모님에게 그런 이야기를 차마 꺼내지 못했던 것이지요.

피아노를 배우는 아이들은 늘 학교에서 피아노를 치는데 그런 모습을 보면 너무나 부러웠습니다. 그래서 나는 그 아이들이 피아노 치는 모습을 뒤에서 가만히 지켜보면서 손가락의 움직임을 배워 보려고 무지 애를 썼습니다. 그리고 집에 돌아와서는 피아노가 아닌 오르간으로 연습을 하곤 했지요. 나는 악보를 볼 줄 모르니까 어쨌든 눈으로 보고 귀로 들으면서 결국 피아노를 익혔습니다.

그때부터 나는 몸으로 배운다는 것이 무엇인지 알게 되었지요.

　나의 경우를 보면 꿈의 실현은 항상 동경하는 마음으로부터 시작되었습니다. 무언가를 동경함으로써 도전하고 싶어지고 무언가를 동경함으로써 존경하는 마음이 생겼습니다. 그러므로 여러분들도 가령 '이 사람, 참 멋지다.' 하는 생각이 들면 그런 사실을 인정하고 자신도 그 사람의 흉내를 내보아야 합니다. 가만히 앉아서 질투만 해 봐야 달라지는 것은 아무 것도 없으니까요.

　예를 들어 내가 전에 데리고 있던 부하직원들은 몇 년 동안 같이 일을 하다 보니 전화 받는 법이나 말투가 나와 똑같아졌다는 이야기를 듣게 되었습니다. 내가 회사를 그만둘 때 업무 인수인계를 하기 위해 함께 거래처를 방문하자 여기저기서 아사쿠라 2호가 나타났다는 이야기를 많이 들었으니까요.

　여러분도 톱 세일즈맨이 되고 싶으면 우선 톱 세일즈맨의 흉내를 내 보는 것이 좋습니다. 왜냐하면, 수영을 배우기 위해서는 수영을 잘하는 사람에게 배우는 것이 좋다는 사실은 여러분도 잘 아시지 않습니까? 그러므로 성공하기 위해서는 성공한 사람으로부터 배우는 것이 가장 빠른 법입니다.

　사원교육연구소에 입사한 첫날 내가 선배에게 가장 먼저 던진 질문은 '우리 회사에서 누가 영업 실적이 가장 좋습니까?' 였습니다.

그리고 당시 최고였던 영업사원에게 목표를 고정시키고 '당장은 이 사람이 나의 라이벌'이라고 마음먹었던 것입니다.

하지만, 내가 라이벌로 삼은 그 사람은 나를 적대시하기는커녕 오히려 나를 귀여워해 주었습니다.

'저도 같이 가겠습니다.' 하고는 거래처에 따라가기도 하고 '기획서는 어떤 식으로 작성하세요?' 하고 질문을 하기도 했지요. 최고를 달리는 사람들은 원래 그릇이 다르기 때문에 뭔가를 가르쳐 달라고 하면 아낌없이 지도해주는 법입니다.

그러므로 여러분들도 곁에 최고 실적을 올리는 세일즈맨이 있다면 그 사람은 어떤 옷을 입고 어떤 식으로 이야기를 하며 어떤 물건을 가지고 다니는지 연구해 보시기 바랍니다.

그리고 자신도 그 사람처럼 될 수도 있겠다 싶으면 바로 그 사람의 흉내를 내 보도록 합시다. 그렇게 하다 보면 조금씩 그 사람의 수준에 접근해 갈 수 있을 테니까요.

남의 흉내를 낸다는 것은 전혀 부끄러운 일이 아닙니다. 그 사람처럼 되고 싶다는 분명한 목표가 섰기 때문에 행동으로 옮길 수 있는 것이며, 아무런 목표가 없는 사람보다는 확실히 활동량이 증가하므로 실적이 느는 것은 당연합니다.

예전에 나는 매출이 늘지 않아 고민에 빠져 있던 부하직원을 백

화점으로 데리고 가서 양복을 한 벌 사준 적이 있습니다. 결코 비싼 옷은 아니었지만 그의 몸에 딱 맞아 겉보기에도 좋은 인상을 주는 그런 옷이었지요.

"어머, 멋진데요!"

"어, 정말입니까?"

"아주 멋져요. 자신감을 가져도 되겠어요."

그러자 그 친구는 '나는 어쩌면 정말 멋질지도 몰라' 하는 생각에 스스로에게 자신감을 갖게 되었고, 그 후 좀 더 멋진 자신이 되려고 노력을 하였습니다.

그런데 그런 친구에게 '자네는 정말 왜 그렇게 촌스러워? 뭐 하나 제대로 하는 게 없군' 하는 식으로 핀잔만 준다면 그 친구는 '난 정말 안 돼.' 하는 식으로 절망하게 되지요. 믿음이란 정말 중요하다고 생각합니다.

그리고 최종적으로는 라이벌이나 목표로 삼은 사람을 앞질러야 합니다. 나의 경우도 톱 세일즈맨 선배를 계속 지켜보며 따라하다가 어느 날 갑자기 직감적으로 '이 사람을 앞지를 수 있겠다' 하는 생각이 들더군요.

그리고 그 사람의 고객을 넘겨받고 난 후 'OO씨가 담당했을 때는 그렇지 않았는데……' 하는 이야기가 나오지 않도록 하기 위해 나는 엄청난 노력을 했습니다. 자기가 사귀는 남자의 입에서 두

번 다시 예전에 사귀던 여자 이름이 나오지 않도록 하겠다는 식의
각오로 말입니다.

그러다가 마침내 나는 혼자서 연간 1억 엔의 매출을 올리는 독보
적인 톱 세일즈우먼의 자리에 오르게 되었습니다. 내가 이렇게 성
공할 수 있었던 요인은 역시 입사하자마자 최고 영업사원이 누구
냐고 물을 정도의 두둑한 배짱으로 확고한 목표를 정하고, 오로지
이 목표를 달성하기 위해 피나는 노력을 했기 때문이라고 생각합
니다.

**Point**

남의 흉내를 낸다는 것은 전혀 부끄러운 일이 아닙니다. 그 사람처럼 되고
싶다는 분명한 목표가 섰기 때문에 행동으로 옮길 수 있는 것입니다. 그리
고 최종적으로는 라이벌이나 목표로 삼은 사람을 앞질러야 합니다.

# 29

## 영업을 하는 데 반드시 말을 잘 할 필요는 없다

'영업사원은 말을 많이 할 것이 아니라 많이 움직여라.'

이것이 나의 지론입니다.

영업사원이라고 하면 으레 말을 잘 하고 목소리가 크고 인사를 잘 하는 그런 이미지를 갖기 쉬운데 그건 이미 옛날이야기입니다.

입에 발린 칭찬을 해주거나 선물을 하거나 고급 요정에서 몇 차례 접대를 한다고 해서 오르지 않을 실적이 오르지는 않습니다.

사실 나는 영업을 할 때는 일부러 큰 소리를 내지 않으려고 노력했습니다. 왜냐하면, 평상시보다 큰 목소리로 이야기하면 오히려 상대방이 경계심을 갖게 되기 때문이지요. 또한 큰 소리로 공치사나 세상 이야기를 해서도 안 됩니다. 중요한 정보일수록 조용조용하고 천천히 이야기하는 편이 설득력이 있습니다.

텔레비전을 보다보면 '오늘의 주인공은 누구인가?'를 알아맞히는 퀴즈를 내는 경우가 있는데 막상 뚜껑을 열어보면 의외의 결과에 놀라는 경우가 많지 않습니까? 그 날 가장 인기가 많았던 사람은 외모가 두드러지게 멋진 사람도 아니고, 말을 잘하는 사람도 아니며, 어딘지 촌스러운 느낌까지 주는 지극히 평범한 사람이기도 합니다.

사람들에게 그 사람이 인기가 있는 이유를 물어보면, 뜻밖에도 자상하게 고민을 들어준다거나 때로는 야단을 쳐준다는 등의 내면적인 매력이 드러나지요.

영업사원들도 마찬가지입니다. 최고의 세일즈맨들은 반드시 외모가 멋진 것도 아니고 말을 잘하는 것도 아니지만, 그 사람과 이야기를 나누다보면 왠지 모르게 마음이 놓이는 그런 포용력을 가진 사람이 많은 것 같습니다.

그리고 최고가 될 수 있었던 이유를 본인에게 물어보면 '고객들이 우리 상품을 기분 좋게 사주고 기뻐해주길 바라니까요.' 하는 솔직한 대답이 나옵니다. 그러므로 그런 사람들은 쓸데없이 고객과 세상이야기를 나눌 필요가 없지요. 중요한 것은 의도적이 아닌 따뜻함, 바로 이 따뜻한 마음이 사람들을 감동시키는 것입니다.

나는 얼마 전 제빵 조합 소속의 사장님 100명을 대상으로 강연할 기회가 있어, 나보다도 인생 경험이 풍부한 60~70대 되신 분들 앞에서 90분 동안 말씀을 드린 적이 있습니다.

그때 나는 당당하게 이렇게 말했지요.

"자기는 하지 않으면서 다른 사람보고 하라고 하면 아무도 말을 듣지 않지요. 그럴 때는 최고의 자리에 있는 사람이 먼저 솔선해서 모범을 보이지 않으면 안 됩니다."

처음에는 강연장에 '이 건방진 여자 같으니라고!' 하며 불쾌해하는 분위기가 감돌았지만, 강연을 들으면서 사장님들도 서서히 관심을 가지고 진지하게 듣기 시작했습니다. 그리고 강연이 끝난 후에 연회를 가졌는데, 그 자리에서 마지막으로 마이크를 잡은 분이 이렇게 말씀하시더군요.

"여자가 얼굴도 곱상하고 해서 처음에는 어떤 식으로 이야기를 할지 궁금했는데 대가 세더군요. 솔직히 말해 이런 여자는 달갑지 않다고 생각했지요. 그런데 왠지 흥미가 있더군요."

내가 전심전력으로 대하면 반드시 상대방의 마음을 파고들 수 있지요.

또 한 가지, 영업을 할 때 중요한 것은 많이 움직여야 한다는 것입니다.

실적이 오르지 않는 영업사원일수록 잘 움직이지 않습니다. 커피숍이나 게임방에서 시간을 보내는 사람은 틀림없이 문제가 있는 영업사원입니다. 이런 사람들은 움직이면 움직일수록 고객에게 거절당하는 횟수가 늘고 스스로 위축되기 때문에 끝내 현실도피를 하고 맙니다.

그러나 절대 그래서는 안 되며 오히려 그 반대로 생각해야 합니다.

한 작가에게 원고가 잘 써지지 않을 때는 어떻게 하느냐고 질문을 했더니 그는 이렇게 대답했습니다.

"글이 잘 써지지 않을 때일수록 더 쓰려고 노력하지요. 자꾸 쓰다 보면 어느 순간 돌파구가 보이게 되더군요."

나도 이 작가의 말에 전적으로 동감입니다. 실적이 오르지 않는다고 해서 피하려고만 하면 결국 패배자가 되고 맙니다. 아무도 여러분을 위해 계약을 따주지는 않는 법이지요.

따라서 일이 잘 안 풀릴 때일수록 더 악착같이 움직여야 합니다. 돌파구를 찾기 위해서는 자꾸 움직이는 것밖에 다른 방법은 없습니다. 자꾸 활동을 하게 되면 적어도 계약을 딸 수 있는 확률은 올라가니까요. 그러므로 말을 많이 하는 것보다는 많이 움직이는 것이 올바른 영업 방법인 것입니다.

물건을 판다는 것은 감동을 파는 것입니다. 그리고 사람은 한번 감동을 받으면 그 감동을 누군가와 함께 나누고 싶어지는 법입니다.

그럴 때 소개라는 새로운 길이 열리는 것입니다.

최고의 세일즈맨들은 반드시 외모가 멋진 것도 아니고 말을 잘하는 것도
아닙니다. 이야기를 나누다보면 왠지 모르게 마음이 놓이는 그런 포용력을
가진 사람입니다. 의도적이 아닌 진심에서 우러나는 따뜻함이 사람들을 감
동시키는 것입니다.

# 느낌이 좋은 사람이란 직감력이 있는 사람이다

전에 나는 별로 친하지 않은 남자와 단둘이서 초밥을 먹으러 간 적이 있습니다.

각각 다른 초밥을 주문하여 먹기 시작했는데 내가 '이제 김치가 먹고 싶네' 하고 생각하자 절묘한 타이밍으로 그 사람이 '여기 김치 좀 주실래요?' 하고 부탁을 하는 것이었습니다.

그러나 막상 김치 맛을 보니 역시 가지가 가장 맛있는 것 같았습니다. 그래서 '미안하지만, 가지 좀 더 주시겠어요?' 하고 부탁하자 그 사람도 '나도 지금 가지를 더 달라고 하려던 참이었어요' 하더군요.

그런데 주방장이 가지를 세 조각 내주는 것입니다.

'어, 세 조각만 주시면 어떻게 하나? 두 사람이 부탁을 했으면 네 조각은 줘야지.' 속으로 불만스럽게 생각하고 있는데 어느새 그 사람이 이렇게 말했지요.

"세 조각이면 둘이서 싸울 테니까 한 조각 더 주실래요?"

하는 것이었습니다.


원래 멋진 사람이었지만 아주 눈치가 빨라 나는 그가 더욱 마음에 들었습니다.

이런 모습을 보면 나이나 직업을 떠나 이 사람의 감성과 상상력이 풍부하다는 사실이 그대로 드러난다고 할 수 있겠지요. 술자리에서 이런 이야기를 했더니 남자들은 '어지간히 노는 사람이 아니면 그런 정도 센스는 무리일 텐데' 하고 비아냥거렸지만, 나는 이런 감성은 일을 하는데 있어서도 아주 중요하다고 생각합니다.


남녀 간에는 사랑보다는 성격이 잘 맞아야 합니다.

영업을 할 때도 감성이 맞지 않는 사람과는 상담도 이루어지기 어려운 법입니다.

감성이 풍부한 사람이란 현장의 분위기를 파악할 줄 아는 직감력이 있는 사람을 말하며, 직감력이 있는 사람이란 말하자면 느낌이 좋은 사람을 말합니다.


내 주변에서는 모르는 사람이 없을 정도인 '여덟 개의 춘권(春卷) 사건'에 대한 이야기를 해 보도록 하지요.

어느 날 회사 동료 여덟 명이 함께 요코하마 차이나타운에 가서 코스 요리를 주문하였습니다. 그러자 춘권이 여덟 개가 나왔지요. 여덟 명이 테이블에 빙 둘러 앉았기 때문에 한 사람이 하나씩 먹으면 된다는 것은 삼척동자라도 알 수 있었지요.

그런데 혼자서 두 개를 먹은 괘씸한 녀석이 있었던 것입니다.

나는 순간 깜짝 놀라 어떻게 할까 망설였지만 그의 앞날을 생각해서 이렇게 말했습니다.

"어째서 혼자 두 개를 먹는 거야? 춘권이 몇 개 나왔는지 봤어?"

그는 미안해하면서 이내 기가 죽어버렸습니다.

아무래도 그 친구는 외아들로서 사람들과 서로 나눈다는 것을 배우지 못하고 자란 모양입니다. 하지만 그는 이미 성인이고 사회에서는 더 이상 그런 행동이 통하지 않는 것입니다.

그러나 이런 사회적인 규칙은 훈련을 통해 조금씩 익힐 수 있습니다. 그래서 나는 그런 친구들에게는 기회 있을 때마다 술자리 모임의 총무 같은 일을 맡겨서 경험을 쌓게 했습니다.

유능한 영업사원은 만들어진다는 것이 나의 지론인데, 느낌이 좋은 사람도 훈련을 통해 키울 수 있습니다. 그도 그럴 것이, 앞서 예를 든 그 친구는 그런 훈련을 거쳐서 마침내 고객들로부터 아주 센스 있고 느낌이 좋은 사람이라는 평을 듣기 시작했지요. 나는 정말 기뻤습니다.

이야기가 나온 김에 즉석에서 느낌이 좋은 사람이 될 수 있는 말재주를 가르쳐 드리기로 하지요.

이것은 아주 간단합니다. 말끝에 붙는 느낌표(!)를 물음표(?)로 바꾸어주기만 하면 됩니다.

예를 들어 '나는 중요 인물이니까 그것 좀 알려줘요!' 라고 한다면, 상대방은 '어째서 내가 그걸 당신에게 알려주어야 하는 거지?' 하는 저항감을 느끼게 되지요.

이런 말투를 '알고 싶은데 여쭤 봐도 괜찮겠습니까?' 하는 식으로 질문조로 바꾸면 상대방은 흔쾌히 알려줄 것입니다. 이렇게 말끝을 바꾸기만 해도 순식간에 그 사람에 대한 느낌이 좋아지지요.

돌이켜보면, 나는 학생시절 어머니에게 옷을 사달라고 조를 때는 절대로 '옷 사줘!' 하는 식으로 말하지 않고 '내가 오늘 괜찮은 옷을 하나 봤는데, 엄마가 조금만 도와주면 그 옷 살 수 있을 것 같던데' 하는 식으로 말했던 것 같습니다. 그러면 저희 어머니는 '어쭈, 요거 말하는 것 좀 봐' 하는 듯한 미소를 지으며 지갑을 가지러 가시곤 했지요.

그럴 때 만약 '엄마, 나 옷 사고 싶어. 제발 옷 좀 사주라!' 하는 식으로 졸라댔다면 절대 사주지 않았으리라 생각합니다.

말이란 참 어려운 것이지만, 표현하기에 따라서는 상대방이 기분 나쁘게 받아들일 수도 있고 기분 좋게 받아들일 수도 있습니다.

그래서 말이라는 것이 재미있고 연구해볼 가치가 있는 것입니다.

그리고 상대방을 기분 좋게 해줄 줄 아는 사람, 상대방이 무엇을 원하고 있는지를 순간적으로 포착해낼 줄 아는 사람은 반드시 성공적인 삶을 살 것입니다. 그러므로 여러분도 자꾸 실패를 거듭하고 경험을 쌓으면서 분위기를 파악할 줄 아는 직감력 있는 사람이 되시기 바랍니다.

**Point**

고객들로부터 아주 센스 있고 느낌이 좋은 사람이라는 평을 듣는 유능한 영업사원은 훈련을 통해 키울 수 있습니다. '알고 싶은데 여쭤 봐도 괜찮겠습니까?' 하는 식으로 말끝을 질문조로 바꾸는 간단한 방법만으로도 순식간에 그 사람에 대한 느낌이 좋아집니다.

# 31

## VIP처럼 당당하게 행동하라

'중요 인물로 보이고 싶으면 중요 인물과 놀아라.' 는 말이 있습니다.

내게는 지금 생각해 봐도 쑥스러운 에피소드가 있는데, 예전에 나는 나의 엉뚱한 행동 때문에 뜻하지도 않게 초일류 기업과 인연을 맺게 된 경험이 있습니다.

초등학교 교사를 그만두고 난 후 이혼과 회계사무소 근무를 거쳐 이젠 정말 본격적으로 일을 찾지 않으면 안 되겠다고 생각한 내게 문득 이런 생각이 떠올랐습니다.

'A 점포에서 잘 팔리지 않는 넥타이를 B 점포로 가져와 팔면 잘 팔리지 않을까?'

'B 점포에서 팔다 남은 상품을 지방에 있는 C 점포에서 팔면 잘

팔리지 않을까?'

　말하자면 중개업이었는데, 그런 생각이 떠오른 것은 내가 서른
세 살 때의 일이었습니다.


　원래 나는 패션에 관심이 많았으므로 곧바로 '액티브 인터내셔
널 대표 아사쿠라 치에코'라는 명함과 '토털 코디네이터 아사쿠라
치에코'라는 명함을 만들고 여기저기 기획서를 들고 돌아다니며
영업활동을 시작했습니다.

　그러다가 어떤 사람으로부터 유니폼을 만들어달라는 주문을 받
았습니다. 하지만 나는 어디에다 발주를 하면 되는지 이런 쪽으로
는 전혀 지식이 없었지요.

　어찌 할 바를 모르고 있었는데 내가 아는 어떤 사람이 조언을 해
주더군요.

　'마루베니(丸紅)가 괜찮아.'


　당시 나는 보통 주부들이 시간 날 때 틈틈이 부업이나 하는 그런
수준이었지 본격적으로 경제 활동은 하지 않은 상태였습니다. 그
래서 마루베니라는 이름은 들어서 알고 있었지만 그 회사가 어떤
회사인지는 전혀 알지 못했지요. 그런데 나의 그런 무식함이 결과
적으로는 행운을 가져다주었습니다.

　나는 바로 전화번호부를 뒤져 아무런 의심도 두려움도 없이 마

루베니 본사에 전화를 걸었습니다.

"저는 액티브 인터내셔널의 아사쿠라라고 합니다. 제가 유니폼을 좀 만들고 싶은데 담당하시는 분을 바꿔주십시오."

하고 부탁을 했더니,

"그러시다면 직접 저희 회사를 한번 방문해 주시지요."

하는 대답에 나는 난생 처음 마루베니 본사를 찾아가게 되었습니다.

그때 나는 보라색 정장에 보라색 구두를 신고 게다가 커다란 차양이 달린 보라색 모자를 쓰고 있었지요. 지금 생각하면 참으로 이상하고 쑥스러운 모습이지만, 당시 내가 느끼기에는 마루베니 본사의 로비에 모여 있던 회색이나 감색 정장을 차려입은 점잖은 아저씨들의 모습이 오히려 이상해 보였지요.

'이 사람들 옷을 참 수수하게 입네.' 하는 것이 내가 느낀 첫인상이었습니다.

안내를 맡은 직원은 그 가운데에서 단연 돋보였던 나를 아무래도 중요 인물로 착각한 듯하였습니다. 다른 고객들은 로비의 상담 코너에서 상담을 하고 있었지만 그런 사람들을 제쳐두고 나를 안쪽 회의실로 안내해 주었고 담당자가 두 명이나 나와 나를 맞이하더군요. 그야말로 VIP 대접이었지요.

"그런데 아사쿠라 씨께서는 어떤 유니폼을 제작하려고 하시는지요?"

"이·미용 학원에서 입을 유니폼입니다."

"아, 그러세요. 그럼 수량은 어느 정도나 되지요?"

"14벌이요."

"......."

잠시 침묵이 흐른 다음 담당자는 친절하게 이렇게 설명해 주었습니다.

"저희 회사는 천 벌 단위로밖에 주문을 받지 않는데요."

세상 물정 모른다는 것이 바로 이런 것을 말하는 것일 것입니다. 아직도 그때 일을 생각하면 쥐구멍에라도 들어가고 싶은 심정이지요. 그런데 그때부터 진짜 엄청난 일이 벌어졌는데 나는 정말 그때 운이 좋았다고 생각합니다.

"그렇다면 저희가 지토세라는 회사를 소개시켜 드리지요."

뜻밖에도 그 담당자는 즉석에서 내게 다른 회사를 소개시켜 주었던 것입니다. 곧바로 그 지토세라는 회사에 전화를 걸어 마루베니 본사로부터 소개를 받았다고 했더니 당장 VIP 대접을 해주더군요.

"아사쿠라 씨, 전화를 기다리고 있었습니다."

하며 찾아가기 쉽도록 친절하게 지도를 보내 주기도 했고,

"14벌이라고 하셨지요."

하며 전혀 귀찮은 태도를 보이지 않고 나의 주문에 응해 주었으

며, 게다가 가격까지 싸게 해 주었습니다.

이때 내가 유니폼을 팔아 남은 이익금은 10만 엔이었는데, 이 10만 엔이 통장에 입금되었을 때 나는 정말이지 기뻤습니다. 난생 처음 내가 직접 영업을 해서 번 돈이었으니까요.

아무런 예비지식도 없이 무턱대고 마루베니까지 찾아갔는데 결과적으로는 초 VIP 대접을 받게 되었던 것입니다. 마루베니를 통해 연결된 덕분에 상대방이 나를 중요 인물이라고 오해해준 것이 주효했던 셈이지요.

그리고 무엇보다도 이때 성공할 수 있었던 요인은 내가 당당하게 행동했기 때문이라고 생각합니다. 역시 외모에서 풍기는 인상이 중요하지요.

언젠가 요코하마에서 세미나를 개최했을 때 명함을 교환하는 방법에 대해 강의한 적이 있는데, 인사는 한 번이면 충분한데도 연신 머리를 숙이는 사람이 있었습니다. 그래서 내가 말했지요.

"그런 식으로 계속 꾸벅거리면 사람들이 중요 인물로 봐 주지 않거든요."

라고 말이에요.

왜 그런가 하면, 내가 고객이라도 인사만 잘하지 일도 할 줄 모르는 영업사원은 애초부터 틀렸다는 생각이 들지 않겠습니까? 이런 사람에게는 전혀 믿음이 가지 않고 오히려 경계심만 들겠지요.

중요 인물로 보일 줄 아는 사람은 설사 심리적으로 불안해도 상대방이 이를 눈치 채지 않게 행동합니다. 한 호흡 돌릴 줄 아는 여유가 있기 때문이지요.

그래서 남들에게 중요 인물로 보이려면 연신 꾸벅대며 인사를 하는 식의 경박한 행동을 하지 말고 조바심을 내지 말아야 합니다. 새에 비유하자면 까마귀가 되지 말고 매가 되라는 말이지요.

이 말이 무슨 뜻이냐 하면, 까마귀는 대단히 영리한 새이긴 하지만 사람들이 먹고 남긴 밥을 쪼아 먹으며 떼를 지어 다니지요.

하지만 매는 역시 고귀한 새입니다. 매는 기운이 떨어져서 그야말로 죽기 직전까지도 그런 내색을 하지 않는다고 합니다.

나는 영업이라는 일을 시작할 때부터 한 마리의 매가 되고자 마음먹었습니다. 상담 약속을 잡기 위해 생판 모르는 사람에게 전화를 걸기도 싫고 물건을 팔기 위해 기업들을 찾아다니기도 겁이 났지만, 아무한테나 꾸벅거리는 자존심도 없는 사람은 되고 싶지 않았던 것입니다.

즉, 당당한 모습으로 완벽하게 중요 인물처럼 행동한다면, 상대방의 보는 눈도 달라진다는 말입니다. 그런 태도가 몸에 배면 이제 실제로 그에 걸 맞는 자질을 갖추어 나가면 되는 것입니다.

사장님들도 모두 처음에는 어색하게 보이지만, 주위에서 자꾸 '사장님' '사장님' 하고 불러주다 보면 서서히 진짜 사장님다운 품

위를 갖추어가게 되지요.

　주변의 힘을 빌려 자신을 꾸며나간다. 그렇게 하면 되는 것입니다.

연신 꾸벅대며 인사를 하는 식의 경박한 행동을 하지 말고 조바심을 내지 말아야 합니다. 당당한 모습으로 완벽하게 중요 인물처럼 행동한다면, 상대 방의 보는 눈도 달라집니다. 그런 태도가 몸에 배면 실제로 그에 걸맞는 자질을 갖추어 나가면 되는 것입니다.

## 자비를 들여서라도 특실을 이용하라

여기에 고무 밴드가 하나 있습니다. 아무 힘도 가하지 않으면 직경 4센티미터 정도의 단순한 밴드일 뿐입니다. 하지만 두 손으로 세게 당기면 직경 20센티미터까지 늘어나기도 하는데 원 상태와 비교하면 무려 다섯 배나 되지요.

그런데도 대부분의 사람들은 이렇게 전혀 당기지 않은 고무줄과 같은 상태로 인생을 마치려고 하는 경향이 있습니다.

사람들은 흔히 자신의 능력은 직경 4센티미터짜리 고무줄이라고 지레짐작을 해버립니다. 하지만 인간은 약간 무리를 하면 누구나 발전할 여지는 충분히 있는 법입니다.

그렇다고 억지로 세게 당기면 고무 밴드는 끊어지고 말지요.

나는 무리하게 하는 것과 무모하게 하는 것은 다르다고 생각합니다. 무리하게는 해도 괜찮지만 무모하게 해서는 곤란하지요. 즉,

고무 밴드가 끊어질 정도로 무모하게 당길 필요는 없지만 약간의 무리는 하는 것이 좋다는 뜻입니다.

철이 들고부터 나는 우리 집에서 운영하는, 술집이라는 사회의 축소판을 접해왔기 때문에 나도 모르는 사이에 어른들의 행동을 흉내 내고 익히게 되었습니다.

고등학생 때는 커피숍에서 모닝 세트를 먹는 것 정도는 당연하게 생각했으며, 그곳에 하급생들이 들어오면 '쟤네들 먹은 것까지 제가 계산할게요.' 하고 제법 어른 티를 내는 학생이었습니다. 어른들이 하는 그런 행동을 마음속으로 동경하고 있었던 것이지요. 하루라도 빨리 어른이 되고 싶어 늘 발돋움하는 또 다른 내가 있었던 것입니다.

고등학교 3학년 때 1학년 남학생과 함께 영화를 보러 간 적이 있는데 커피숍에 들어가자 그 아이가 계산을 하려고 했습니다. 나보다 나이도 어린데 돈을 쓰게 해서는 안 되겠다는 생각에 나는 잽싸게 테이블 밑으로 돈을 건네며 '이걸로 계산해!' 하고 말했죠. 하지만 결국에는 그 아이가 돈을 냈습니다. 그 아이도 마찬가지로 어른스러워지고 싶어 무리를 하고 싶었던 것이지요. 그러던 그 아이는 지금 훌륭한 신사가 되어 있습니다.

지금 와서 생각하면, 약간 무리해서 발돋움하는 것은 어른이 되어서도 중요하다는 사실을 알 수 있습니다.

앞서도 나왔지만, 여러분들은 유유상종(類類相從)이라는 말을 아시지요? 사람들은 자신과 비슷한 처지나 입장에 있는 사람끼리 행동을 같이 한다는 말인데, 그렇게 하는 것이 마음이 가장 편하기 때문입니다.

하지만 그런 익숙한 환경 속에서는 높은 생산성을 기대하기 어렵습니다.

그러므로 어려울수록 무리를 해서라도 부자들과 어울리는 것이 좋습니다. 그런 사람들과 행동을 같이 함으로써 지금까지 알지 못했던 뭔가를 배울 수 있기 때문이지요.

예전에 주식 일을 할 때 나는 상사로부터 이런 조언을 받았습니다.

'비록 지갑에 1,500엔밖에 없어도 차를 마실 때는 고급 호텔을 이용하라. 아무도 여러분의 지갑 사정을 알지 못할 테니까 걱정할 것 없다. 그리고 일반 샐러리맨들은 출장비를 계산할 때 고속철도 요금을 특실 요금으로 받아내고는 일반실을 타고 남은 돈으로 맥주를 한 잔 사 마시는 경우가 많은데, 이것도 훌륭한 지혜이긴 하다. 하지만 자네는 자비를 들여서라도 특실에 타고 여유 있는 자신을 연출하도록 하라.'

당시 내 월급의 실 수령액은 18만 엔 정도였는데, 그 중 10만 엔을 집세로 내야 했지요. 결국 내가 자유롭게 쓸 수 있는 돈은 하루에 3천 엔도 안 되었지만, 나는 그 상사의 가르침에 착실하게 이행했습니다. 그리고 무리를 하여 발돋움한다는 의미를 점차 알게 되었습니다.

우선, 일반적으로 호텔의 커피 값은 비싸다고 알려져 있지만 몇 번이고 리필이 가능하다는 점을 생각하면 사실 그리 비싼 편은 아니지요. 그래서 나는 두세 건의 약속을 동시에 한 호텔 커피숍에서 갖습니다. 그러면 자리를 뜨는 것이 아니기 때문에 커피 요금을 한 잔 값만 내고도 여러 건의 상담을 할 수가 있지요.

그리고 몇 차례 발걸음을 하다 보면 호텔 직원으로부터 이런 인사도 받습니다.

'아사쿠라 씨, 늘 저희 호텔을 찾아주셔서 감사합니다.'

어떻습니까? 상담 상대가 보면 '와, 이 사람은 매일 이런 고급 호텔에서 사람들을 만나는 모양이군.' 하고 생각하겠지요. 바로 이런 식으로 자신의 품격을 높일 수 있는 것입니다.


또한 고속철도의 특실을 타면 회사의 중역이나 엘리트 샐러리맨, 중소기업의 사장 등 사회적으로 지위가 높은 사람들을 많이 만날 수 있지요. 이 특실에서는 그런 중요 인물들의 행동거지를 자세히 관찰할 수가 있습니다. 그 사람들이 나누는 대화를 들을 수도 있고 운이 좋으면 옆 좌석에 앉은 중요 인물과 깊은 대화를 나눌 가능성도 있는 것입니다. 또 설사 유익한 정보는 얻지 못한다 하더라도, 그런 높은 지위에 있는 사람들의 분위기를 느끼면서 자신의 눈과 귀를 배양하는 것만으로도 그럴 만한 가치는 있을 것입니다.

고급 호텔의 커피 요금이 됐든 고속철도의 특실 요금이 됐든 이 모두가 자신에 대한 투자라고 생각한다면 결코 비싼 것은 아닙니다. 이렇게 살아있는 돈은 반드시 자신에게 다시 돌아오니까요.

그러므로 어려울수록 약간 무리를 해서라도 플러스적 기운을 끌어들여야 하며, 절대로 사람들이 쭈그리고 앉아 푸념만 늘어놓는 술집에는 드나들어서는 안 됩니다. 왜냐하면, 마이너스적 기운은 쉽게 전염되니까요.

**Point**

고속철도의 특실을 타면 회사의 중역이나 엘리트 샐러리맨, 중소기업의 사장 등 사회적으로 지위가 높은 사람들과 깊은 대화를 나눌 가능성이 있고, 유익한 정보를 얻을 수도 있습니다. 어려울수록 약간 무리를 해서라도 플러스적 기운을 끌어들여야 합니다.

# 33

# 좀처럼 실적이 오르지 않는다면 외모를 바꾸어 보라

패션 잡지 업계에 종사하는 편집인 친구의 말에 의하면, 누구나 호감이 가는 사람이 될 수 있다고 합니다.

예를 들면, 자신의 키가 작다고 생각하는 남자는 바지의 윤곽이나 구두의 모양을 바꾸어주기만 해도 5센티미터 정도는 커 보이고, 여자의 경우는 얼굴의 주름이나 땀구멍을 잘 보이지 않게 화장을 해주기만 해도 다섯 살 정도는 젊게 보인다고 합니다.

영업을 할 때 첫인상은 대단히 중요하기 때문에 영업사원이 자신의 외모를 바꾸어 준다면 영업 실적이 향상될 가능성도 있습니다.

그런데, 내가 여성 영업직 사원들을 대상으로 개설하고 있는 '톱 세일즈레이디 육성학원'에 예전에 새까만 머리를 뒤로 묶고 안경을 쓴 수수한 인상을 주는 여자 수강생이 있었습니다. 그러나 그 여자는 키가 170센티미터 정도나 되었고 이목구비도 수려하였지요.

어느 날, 간담회 때 그 여자 곁에 앉게 된 나는 그녀에게 이런 말을 해주었습니다.

"당신, 안경을 벗고 머리 모양을 바꾸어 보면 어때요?"

그러자 그녀는,

"지금까지 죽 이런 모양으로 해 와서요……"

하며 시큰둥한 반응을 보였습니다.

그래도 나는 다짐이라도 하듯이

"일단 내가 시키는 대로 해 보세요. 다음에 올 때까지 숙제예요."

했더니, 그 여자는 정말로 안경 대신 콘택트렌즈로 바꿔 끼고 머리를 짧게 자르고 왔더군요. 그야말로 대변신을 한 것입니다. 그런데 달라진 그 모습이 참 아름다웠지요.

원래 이목구비가 또렷했던 그녀는 주위의 시선을 의식하여 일부러 수수하게 차리고 있었던 것입니다.

내가 예전에 읽었던 야마토 와키(大和和紀) 씨의 『몽 셰리 코코』라는 만화에는 주위 여사무원들로부터 더럽다는 소리를 들으며 청소 일을 하던 여자들이 나오는데, 퇴근 시간이 되자 그 여자들이 사복으로 갈아입더니 정말이지 멋진 모습으로 퇴근하는 장면이 있습니다.

초등학교 때 읽은 만화의 그 장면이 너무너무 속 시원하고 기분이 좋아서, 그 만화를 읽은 후로는 나도 이 만화에서처럼 여자들을 멋지게 변신시키는 일을 해보고 싶다는 생각을 갖게 되었지요.

그런 꿈을 지금 '톱 세일즈레이디 육성학원'에서 실천하고 있기에 나는 얼마나 행복한지 모릅니다.

학원생들이 처음 학원에 들어왔을 때의 사진과 졸업할 때 찍은 사진을 비교해 보면 대부분 완전히 다른 사람이 되어 있습니다. 성형수술을 받은 것은 아닐까 의심할 정도로 예뻐지는 사람도 있지요. 옷 입는 것에서부터 표정까지 정말 몰라보게 바뀝니다.

수수하고 전혀 멋을 부릴 줄 모르는 사람도 약간의 화장을 하기만 하면 스스로가 달라졌다는 것을 느낄 수 있으며, 주위로부터도 예뻐졌다는 이야기를 듣게 됩니다. 그럼으로써 점차 자신감이 생기고 생활도 밝아지게 되며 그렇게 되면 자연스럽게 영업 실적도 향상되는 법이지요.

앞서 설명한 편집인 이야기의 경우에서도, 실제로 외모가 달라져 호감을 사게 된 사람들은 반드시 일도 잘 하게 된다고 합니다.

따라서 아무리 해도 영업 실적이 오르지 않는 사람에게는 우선 외모를 바꾸어 볼 것을 권합니다. 외모가 달라진다는 것은 다른 사람들에게나 자신에게나 가장 느끼기 쉬운 변화이며 그렇게 함으로써 순식간에 분위기가 달라지는 경우가 흔히 있습니다.

영업이라는 것은 결국 자신을 파는 행위입니다. 그러므로 나는 항상 '자신을 갈고닦아 자신감을 가지고 자신을 팔자!' 라고 학원생들에게 이야기해 주고 있습니다.

톱 세일즈맨은 하루아침에 될 수 있는 것이 아닙니다. 우선 당장 할 수 있는 것부터 시작하도록 합시다.

**Point**

약간만 외모에 신경을 써도 금세 주위로부터 달라졌다는 이야기를 듣게 되고 호감을 사게 됩니다. 그러면 점차 자신감이 생기고 생활도 밝아지게 되며 자연스럽게 영업 실적도 향상되는 법입니다. 영업이라는 것은 결국 자신을 파는 행위이기 때문입니다.

# 34

# 휴대용 티슈는 가슴 높이로 건넨다

요즈음 역 앞에서 휴대용 티슈를 나누어주는 모습을 자주 볼 수 있는데, 관광차 일본을 찾는 외국인들에게는 이런 모습이 아주 이상하게 비치는 모양입니다.

'어째서 생판 모르는 사람한테서 티슈를 받아야 하는 거지?'

하고 말입니다.

최근 들어 알게 되었는데, 이제 일상적인 모습이 되어버린 이런 휴대용 티슈를 나눠주는 행위에도 우리들로 하여금 무심코 그 티슈를 받아들이게 하는 법칙이 있다고 하는데, 그것은 바로 티슈를 가슴 쪽을 향해 건넨다는 것입니다.

즉, 티슈를 가슴 높이로 슬쩍 내밀면 여자들의 경우는 자신들의 가슴을 보호하기 위해 반사적으로 손을 뻗으며, 남자들의 경우도 심장을 지키려고 무심코 손을 뻗어 티슈를 받는다고 합니다.

어쨌든 가슴 쪽을 겨냥하면 상대방이 받아들일 확률이 훨씬 높아진다고 합니다.

그 이야기를 들은 후 티슈를 나눠주는 사람들을 자세히 관찰해 보니, 역시 사람마다 상당한 차이가 있더군요.

그저 사무적으로 나누어주는 로봇 타입으로부터 잽싸게 달려와 '잘 부탁합니다!' 하고 한 마디 인사를 하는 열성파 타입, 그리고 억지로 떠안기는 타입과 소극적인 타입 등 여러 가지가 있었습니다.

그저 무표정하고 쌀쌀맞게 나누어주는 사람을 보면 '내가 왜 당신한테 이런 티슈를 받아야 하지?' 하는 기분이 듭니다. 하지만 열심히 나누어주는 사람을 보면 기꺼이 받아주고 싶은 생각이 들지요.

고작 해야 티슈를 나눠주는 일이라고 우습게 생각할지 모르지만 그래도 일은 일이지요.

단순 작업의 전형이라고도 할 수 있는 이런 일에도 머리를 짜낼 여지가 있다는 것입니다.

예전에 한 기업의 인사과에 근무하는 아는 사람으로부터 들은 이야기입니다.

진급 시즌이 되자 15년 동안 총무 업무를 해오고 있는 여직원으로부터 이런 불만이 들어왔다는 것입니다.

"나는 이 일을 15년씩이나 해오고 있는데, 어째서 월급을 올려주지 않나요?"

그 이야기를 듣고 그 친구는 이렇게 대답했다고 합니다.

"15년 동안이나 똑같은 일만 하면서 월급을 올려달라고 하는 게 이상하지 않나요?"

15년씩이나 똑같은 일을 해오고 있다는 것 자체가 '나는 전혀 발전하지 못했습니다.' 하고 광고하는 듯해서 그 여직원은 전혀 진급 사정의 대상이 되지 못했다고 하는 친구의 말이 이상하게 설득력 있게 들렸습니다.


계속 할 수 있다는 것도 능력이라는 말이 있지만, 연구를 하지 않고 아무 생각 없이 그저 계속할 뿐이라면 전혀 발전할 수 없습니다.

예를 들어 하루에 100통의 전화를 건다고 한다면 여러 각도로 공략하여 성공 가능성을 높여나가거나, 회사를 찾아다니다가 거절당하면 이번에는 인사 방법을 바꿔 보는 등 자꾸 머리를 써야 합니다.

그렇게 연구를 하면서 성장해 나가려는 노력이 보이지 않는다면 일을 많이 한다고 해 봐야 대부분 자기만족으로 끝나고 맙니다. 잘 맞지 않는 총은 아무리 쏴 봐야 맞지 않는 법이지요.

단순한 작업일수록 그 일을 하는 사람의 센스가 돋보입니다. 그리고 센스가 있는 사람은 어떻게 하면 좀 더 효과적으로 일을 할 수 있는지 항상 연구할 줄 아는 감각이 있는 사람이므로 일을 통해 좋은 결과를 얻을 수 있습니다. 따라서 회사로서는 이런 사람을 절대 놓치고 싶지 않겠지요.

티슈를 가슴 높이로 슬쩍 내밀면 가슴을 보호하기 위해, 또는 심장을 지키려고 무심코 손을 뻗어 티슈를 받는다고 합니다. 이렇게 단순 작업의 전형이라고도 할 수 있는 광고용 티슈를 나눠주는 일에도 머리를 짜낼 여지가 있는 것입니다.

# 35

# 표현이 서투른 사람에게는 질문 형식으로 하라

부장급에서 많이 볼 수 있는 자기중심적인 남자나 남의 부탁을 딱 잘라 거절하지 못하는 우유부단한 남자, 일단 수화기를 잡으면 붙임성이 좋아지는 전화 미인 등, 영업이라는 일을 하다 보면 정말 다양한 사람들을 만나게 됩니다.

그런데 그 중에서도 가장 상대하기 어려운 사람은 도대체 반응이 없는 사람입니다.

반응이 없는 사람은 내가 아무리 이야기를 해도 전혀 대꾸를 해주지 않습니다. 그러므로 대화를 이어가기 위해서는 내 쪽에서 질문을 할 수밖에 없지요. 아무리 반응이 없는 사람이라도 질문을 하게 되면 대답을 해 주니까요. 대화를 이어가려는 노력은 전혀 보이지 않지만요.

하지만 질문을 하고 대답을 듣는 식으로 이야기가 이어진다고는 해도 솔직히 대화가 무르익지는 않지요. 그럴 때 나는 쇼크요법이라고나 할까요, 정곡을 찌르는 한 마디를 던져 봅니다.

예를 들어 '다나카 씨는 부끄러움을 많이 타는 편이신가요?' 하는 식으로 말입니다.

'예?' 하고 상대방은 순간적으로 멈칫하지만 계속해서 '다나카 씨는 여자의 눈을 똑바로 쳐다보지 못하시죠?' 하고 다그쳐 묻습니다. 그러면 '사실은 그래요.' 하고 조금씩 마음의 문을 열기 시작합니다.

돌발적인 뜻밖의 질문에 상대방은 깜짝 놀라 자신도 모르게 속마음을 드러내게 되는데, 이런 방법으로 빙산의 일각을 녹일 수 있는 것입니다.

그런 다음에 이런 식으로 충고를 해 줍니다.

"하지만 다나카 씨의 그런 모습이 사실은 상대방에게 오해를 불러올 수도 있어요. 왜냐하면 상대방은 다나카 씨가 부끄러움을 많이 타는지 어떤지 알지 못하잖아요. 그 사람들은 다나카 씨가 어째서 자기 눈을 똑바로 바라보지 않는지 불안해하니까, 다나카 씨로서는 손해라고 할 수 있지요."

그렇게 이야기해 주면,

"맞아요. 저는 예전부터 사람들과 얘기하는 게 서툴러서요."

하며 그때부터는 점점 더 본심이 드러납니다.

포인트는 절대로 상대방의 약점을 찌르지 말고 기분을 풀어주어야 한다는 것입니다.

그러다가 마지막에는

"너무 아까워요. 그렇게 훌륭한 면이 있는데도 그걸 감추고만 있다는 게 말이에요."

나는 진심으로 그렇게 생각하기 때문에 내 말이 거짓으로 들리지는 않을 것입니다. 상대방은 아주 아픈 곳을 지적당했는데도 오히려 고맙게 이야기를 들어주지요. 이런 식으로 풀어 가면 점차 말문이 트여 본심을 털어놓고 이야기를 나눌 수 있게 되는 것입니다.

영업이 서투른 사람은 영업이라는 일이 서툰 것이 아니라 원만한 인간관계를 잘 구축하지 못하는 것입니다. 개인적으로 사람들과 이야기할 때도 상대방에 따라 대하는 방법을 달리 하듯이, 영업을 할 때도 상대방이 누구냐에 따라 이야기하는 방식을 달리 해야합니다.

결국 영업을 성공하느냐 못하느냐는 어떻게 상대방의 마음을 사로잡느냐에 달려 있지요. 고객의 마음을 사로잡아 허심탄회하게 서로 이야기를 나눌 수 있게 된다면, '아사쿠라 씨, 또 언제 오실 거예요?' 하는 식으로 상대방이 오히려 다시 만나기를 고대하게 될 것입니다. 고객에게 항상 '당신을 위해서는 분명 내가 도움이 될 것'이라는 사실을 어필한다면, 상대방은 반드시 여러분의 그런 마음을 느끼게 될 테니까요.

유능한 영업사원은 결코 고객의 꽁무니를 쫓아다니며 꾸벅꾸벅 인사만 하는 행동은 하지 않습니다. 진정으로 신뢰할 수 있는 사람에게는 고객이 먼저 다가서는 법입니다.

Point

영업이 서투른 사람은 원만한 인간관계를 잘 구축하지 못하는 것입니다. 개인적으로 사람들과 이야기할 때도 상대방에 따라 대하는 방법을 달리 하듯이, 영업을 할 때도 상대방이 누구냐에 따라 이야기하는 방식을 달리 해야 합니다.

# 유능한 사람일수록 가방이 작다

무능한 사람일수록 말이 많다.

무능한 사람일수록 서류가 많다.

무능한 사람일수록 경비를 많이 쓴다.

바꾸어 말하자면, 유능한 사람일수록 몸이 가뿐한 법입니다. 쓸데없는 이야기를 늘어놓지 않고 서류도 최소한으로 줄여서 정리하며 일을 할 때 쓸데없는 행동을 하지 않으므로 경비도 효과적으로 활용할 수 있지요.

넘쳐날 정도로 많은 서류를 넣은 커다란 가방을 들고 땀을 뻘뻘 흘리며 거래처를 돌아다니는 영업사원은 솔직히 말해 유능하다고는 할 수 없습니다. 도대체가 겉보기부터 무지해보이지 않습니까?

내 주변에도 그런 영업사원이 있었는데, 무슨 짐이 그렇게 많으냐고 물으면

"왜긴요. 이게 다 고객들이 어떤 질문을 하더라도 대답할 수 있도록 대비하기 위한 서류들이지요."

하고 대답했습니다.

그런 식으로 하자면 자기 일에 관련된 모든 서류를 가지고 다녀야 한다는 이야기가 되겠지요. 나의 경우는 얇은 서류가방 하나만 들고 다니며 서류다운 서류는 전혀 가지고 다니지 않습니다.

그리고 상대방이 서류를 안 가져왔느냐고 물으면 나는 늘 이렇게 말하지요.

"내가 바로 팸플릿이잖아요!"

참 엉뚱하지요? 영업사원이 팸플릿도 가지고 다니지 않는다니 말이에요. 하지만 거기에는 그럴 만한 이유가 있습니다.

대부분의 경우 팸플릿을 주더라도 나중에 다시 읽어보는 사람은 거의 없으며 2~3일 지나면 휴지통에 버려질 게 뻔합니다. 그렇다면 차라리 상담하는 자리에서 필요한 정보를 빠짐없이 이야기해 주는 편이 확실하면서도 빠르지요.

그리고 '질문이 있으시면 뭐든지 물어보세요.' 하는 식으로 자신 있게 나가는 것입니다. 물론 그렇게 하기 위해서는 당연히 팸플릿에 들어 있는 내용을 완벽하게 숙지해 둘 필요가 있지요.

만약에 고객이 팸플릿에도 실려 있지 않은 예상 밖의 질문을 해 왔다고 합시다.

그럴 때는 '전문가에게 확인을 할 테니까 잠시만 기다려 주십시오.'라고 한 다음 곧바로 회사로 전화를 걸어 자료를 팩스로 받아 보면 되고, 바로 답변을 해 줄 수 없는 경우에는 '다음에 정확하게 알아 가지고 오겠습니다.' 하고 말하는 것이 좋습니다.

가장 좋지 않은 자세는 알지도 못하면서 아는 척을 하는 것입니다. 모르는 것은 창피한 것이 아닙니다. 그보다는 상황을 일시적으로 모면하려고 적당히 둘러대는 행동이 더 위험합니다. 앞으로 커다란 문제를 초래하게 될 테니까요.

그리고 영업사원은 기동력이 생명입니다. 무거운 가방을 들고 다니다가 좀 쉬어야겠다고 커피숍에서 차를 한 잔 마신다거나 담배를 피우며 시간을 낭비해서는 실적을 제대로 올릴 수가 없지요.

방문 영업을 효과적으로 하기 위해서라도 영업사원은 몸가짐이 가뿐해야 합니다. 그리고 몸이 가벼워지면 저절로 기분도 가벼워지지요.

**Point**

서류를 잔뜩 넣은 커다란 가방을 들고 땀을 뻘뻘 흘리며 거래처를 돌아다니는 영업사원은 유능하다고 할 수 없습니다. 팸플릿은 나중에 휴지통에 버려질 게 뻔합니다. 차라리 상담하는 자리에서 필요한 정보를 빠짐없이 이야기해 주는 편이 확실합니다. 자신이 바로 팸플릿인 것입니다.

# 미소는 결코 공짜가 아니다

요즈음 일본 외식산업계에서 독보적인 위치를 확보하고 있는 일본 맥도널드는 높은 효율성은 물론이고, 사은품으로 인형을 준다거나 맥도널드 캐릭터와 함께 사진을 찍을 수 있는 벤치를 설치해놓는 등, 잠시도 틈을 주지 않고 우리 소비자들을 즐겁게 해주고 있습니다.

그렇습니다. 맥도널드의 높은 성장세를 지탱해온 것은 뭐니 뭐니 해도 탁월한 시장 전략이라고 할 수 있습니다. 그 중에서도 맥도널드가 일본에 진출했을 당시 내가 충격을 받은 것은 메뉴판 맨 끝에 적혀 있는 '미소 0엔'이라는 광고 문구였습니다.

이 문구는 내겐 정말 놀라움 그 자체였지요. 이 말의 의미는 말할 것도 없이 '저희 가게에 오시면 언제든지 직원들의 웃는 모습을 공짜로 보실 수 있습니다.' 라는 뜻이겠지요. 하지만 직원들의 미소 띤 얼굴은 정말로 공짜일까요?

한 회사의 교육담당자는 이렇게 말했습니다.

'미소는 곧 돈이다.'


예를 들어 여러분이 청소기를 사려고 가전제품 가게에 갔다고 합시다. A 점포에서는 퉁명스러운 점원이 나타나 '우리 제품은 다른 데보다 훨씬 쌉니다!' 하고 가격이 싸다는 것만 강조했습니다. 그런 다음 B 점포에 갔더니 똑같은 청소기가 A 점포보다도 200엔이 비싸게 팔리고 있었습니다. 하지만 B 점포의 점원은 싱긋싱긋 웃음으로 손님을 맞으면서,

"분명 우리 제품이 A 점포보다 약간 비싸긴 합니다. 하지만, 만약에라도 이 제품으로 인해 어떤 문제가 생길 경우에는 제가 책임지고 해결해 드리겠습니다."

하며 손님을 정말 기분 좋게 맞아주었습니다.

그럴 경우 사람 심리상 역시 표정이 밝고 인상이 좋은 점원의 점포에서 물건을 사고 싶어지는 법입니다.

또 미소 띤 모습은 쉽게 전염이 되므로 그런 점포는 대개 혼자서만 그렇게 밝은 표정을 짓는 것이 아니라 점포 전체에 명랑한 분위기가 감돌 것입니다. 그러므로 무언가 필요한 것이 생기면 또 그 점포로 가고 싶어지지요.

그렇게 생각한다면, '미소 0엔'이라는 말은 거짓말입니다. 미소는 몇 십만, 몇 백만, 아니 회사 차원으로 생각한다면 억 단위까지 힘을 발휘할 수도 있습니다.

맥도널드의 예를 보더라도 고객들은 직원들의 미소 띤 모습이 기분 좋기 때문에 자꾸 그 가게를 찾게 되며, 결과적으로 미소에 대해 돈을 지불하고 있는 셈입니다.

미소는 곧 돈이라는 말의 의미를 이제 아시겠지요.

흔히 세로 주름은 사람을 불행하게 만들며, 가로 주름은 사람을 행복하게 만든다고 합니다. 미간에 주름을 세운 찡그린 얼굴을 보고 좋아할 사람은 아무도 없으며, 반대로 웃었을 때 생기는 가로 주름은 사람들에게 편안한 느낌을 줍니다.

그러므로 웃는 모습으로 손님을 대하면 절대로 손해를 보지는 않으며, 웃는 표정을 지음으로써 덤으로 자신의 기분까지 밝아지게 됩니다.

내가 쓴 책에서 나는 첫인상의 80%는 외관상의 느낌으로 결정된다고 여러 차례 주장하였습니다. 여러분이 아무리 훌륭한 생각을 가지고 있다 하더라도, 처음 눈에 비친 여러분의 외관상 느낌이 좋지 않으면 상대방은 그 훌륭한 생각을 들어주려고조차 하지 않을 것입니다.

그런데 외관상의 느낌에는 여러분의 자세나 모습뿐만이 아니라 표정도 포함되지요.

어느 메이크업 아티스트의 말에 따르면, 스무 살 먹은 여배우에게 예순 살 먹은 사람 역을 맡기기 위해 일주일 동안 계속 노인 분장을 해주다 보면 얼굴 근육이 그 나이를 기억해버려 실제 얼굴도 늙게 된다는 것입니다.

또 병으로 몇 달씩이나 병원에 입원해 있거나 다른 사람과 접촉할 기회가 극히 적은 사람은 가면처럼 표정이 없는 얼굴이 되기 쉽다고 합니다.

이를 거꾸로 해석한다면 늘 웃는 표정을 지으면 얼굴이 그 표정을 기억하여 원래 표정도 바뀐다는 말이 되겠지요. 얼굴의 생김새는 선천적인 영향을 많이 받지만 표정은 얼마든지 바꿀 수 있는 것입니다.

생각해 보면, 내가 지극히 자연스럽게 웃는 표정을 지을 수 있는 것도 어렸을 적부터 줄곧 '누구한테나 웃는 얼굴로 인사를 하도록 해라.' 하고 아버지로부터 교육을 받았기 때문이라고 생각합니다. 그래서 조건반사를 실험하는 파블로프의 개[5]는 아니지만, 아버지의 반복된 교육 덕분에 나는 사람들을 보면 늘 웃는 표정으로 대할 수 있게 되었지요.

5 _구 소련의 생리학자 파블로프(Pavlov, Ivan Petrovich, 1849~1936)가 조건반사에 대한 실험을 하기 위해 매일 개에게 먹이를 주기 직전에 종을 치고 그런 다음에 먹이를 주었더니, 나중에는 종만 쳐도 먹이를 주는 줄 알고 침을 흘렸다는 실험.

　　바로 그 미소가 내가 주식의 실패와 이혼, 실업 등 온갖 어려움을 극복할 수 있었던 원동력이 되기도 했다는 느낌이 듭니다. 왜냐하면, 내가 늘 웃음을 잃지 않았기 때문에 사람들은 내가 불행하다고는 생각하지 못했던 것이지요.

　　이제 나는 자신 있게 이렇게 선언할 수 있습니다.

　　'미소야말로 최고의 무형 재산이다.'

　　라고 말입니다.

**Point**

　　'미소는 공짜'라는 말은 거짓말입니다. 미소는 몇 십만, 몇 백만, 아니 회사 차원으로 생각한다면 억 단위까지 힘을 발휘할 수도 있습니다. 아무리 훌륭한 생각을 가지고 있다 하더라도, 처음 눈에 들어온 당신의 느낌이 좋지 않으면 상대방은 들어주려고조차 하지 않을 것입니다.

## 38

# 멋쟁이일수록 더욱 자신을 가꾼다

얼마 전에 택시 안에서 흥미로운 소책자를 하나 보았습니다. '필요하신 분은 가져가셔도 됩니다.' 라고 쓰여 있어 집으로 가져와 자세하게 읽어 보았더니, 그것은 인재 컨설팅 회사의 광고 책자였습니다.

그 책의 왼쪽 페이지에는 '똑같은 말을 자꾸 하게 하지 말고, 좀 더 머리를 써라!' 하는 경영자 측의 목소리가 적혀 있고, 오른쪽 페이지에는 그 말에 대한 광고주의 코멘트로 '그건 말할 필요도 없습니다. 극단적으로 말하자면, 바보에게 현명해지라고 한들 그건 불가능한 일입니다.' 라고 쓰여 있었습니다. 결론적으로는 처음부터 능력 있는 사람을 쓰자는 의미였는데, 이 글을 읽고 제게 문득 떠오르는 생각이 있었지요.

이 광고 문구대로 바보에게 현명해지라고 하는 것은 분명 불가능에 가까운 이야기일지는 모르지만, 그렇다고 전혀 가능성이 없는 것은 아니라는 생각이 들었던 것입니다.

나는 톱 세일즈맨은 만들어지는 것이라고 믿고 있으며, 최고의 자리에 오르기 위해서는 타고난 재능이 30%를 차지하고 나머지 70%는 본인의 의욕과 교육이라고 생각합니다. 하지만 자각하지 못하는 사람은 아무리 교육을 시켜 봐야 헛수고일 뿐입니다. 바꾸어 말한다면, 의식을 바꾸면 결과는 저절로 나타난다는 말이지요.

나는 예전부터 이상하게 생각하는 것이 있는데, 미용실에 다니는 사람 중에는 멋쟁이들이 많지요. 미용실에 갈 필요가 없을 것 같은 멋진 사람들이 더 열심히 미용실에 드나들고, 정작 가야 될 사람들은 전혀 미용실에 다닐 생각을 하지 않습니다. 멋진 사람일수록 더욱 멋있어지고 싶어 하는 것입니다.

바로 이런 것을 감성의 차이라고 하지요.

'이제 아무래도 상관없어.',

'어차피 난 안 돼.'

하고 생각하기 시작하면 그 순간부터 아름다움을 향한 발전은 멈추게 되지만, '조금만 더' 하는 생각을 갖는다면 점점 더 세련되어 가지요.

즉, 현명해지라고 해 봐야 소용이 없는 것은 바보가 아니라 감각이 둔한 사람이며, 감각이 있는 사람은 그런 이야기를 하지 않아도 스스로 현명해지는 법입니다.

그래서 나는 기업 세미나를 개최할 때 가능하면 부서 단위로 참석하도록 담당자에게 거듭 당부를 합니다. 왜냐하면, 부서 내에서 두세 명이 뽑혀 세미나에 참석할 경우 강의를 받을 당시에는 확실히 의식이 달라지지만, 다음날 그들이 회사로 돌아가면 원래 상태로 돌아가 버립니다.

예를 들면, 부장으로부터 지시를 받았을 경우 자기 혼자서 큰 소리로 '예!' 하고 대답을 하면 '뭐야, 저 녀석?' 하고 주위로부터 따가운 눈총을 받게 되니까요.


그러나 부서 전체가 의식을 개혁하여 분위기가 완전히 달라지면 거의 대부분 실적도 향상되고, 그렇게 되면 다른 부서로부터 '도대체 어떻게 된 거야? 자네 부서는 뭘 어떻게 했기에 그렇게 실적이 좋아진 거야?' 하며 주목을 받게 됩니다. 그러면 기분이 좋아져 더욱 열심히 하게 되지요. 멋진 사람이 더욱 멋있어지고 싶어 하는 '미용실 법칙' 이나 마찬가지입니다.


또 고객들로부터 이런 질문을 자주 받습니다.

"당신들이 하는 연수를 받으면 우리 직원들도 틀림없이 실적이 오르겠죠? 거금을 투자하니까 말이에요."

그런 이야기를 들으면 나는 즉석에서 '그건 무리입니다.' 하고 대답합니다.

왜냐하면, 영업사원들 본인에게는 전혀 의욕이 없는데도 그저 연수만 받으면 무조건 실력이 향상될 정도로 영업이라는 것이 그렇게 만만한 것은 아니지요.

직원들 문제를 남에게만 맡겨 놓아서는 절대 안 됩니다. 사장님의 생각이 이래서야 영업사원들의 실적이 향상되기는 도저히 무리이지요. 애당초 이 사장님은 진정으로 사원들을 키울 생각이 없는 것 같아 너무 안타깝습니다.

왜냐하면, 나는 그저 단순한 이웃집 아저씨에 지나지 않기 때문이지요.

무슨 이야기인가 하면, 사람이란 매일 부모님이 해주시는 말은 흘려들어도 이웃집 아저씨가 이따금 충고해주는 말에는 순순히 귀를 기울이는 법이지요. 즉, 상사의 잔소리보다는 외부 사람이 지적하는 말을 더 잘 듣는다는 말입니다.

이따금 그 이웃집 아저씨 말조차 듣지 않는 사람이 있는데 그런 사람은 솔직히 말해 구제불능이라고 할 수 있습니다. 그런 사람들은 어떤 연수를 받아도 마찬가지이지요.

하지만 이웃집 아저씨의 말에서 문득 뭔가를 느끼게 되면 그 사람은 더 이상 '말해 봐야 소용없는 사람' 이 아닙니다. 그 순간부터는 그야말로 미용실을 바쁘게 드나드는 여자들처럼 미래를 향한 계단을 오르기 시작하는 것입니다.

부서 전체가 의식을 개혁하여 분위기가 완전히 달라지면 거의 대부분 실적도 향상되고, 그렇게 되면 다른 부서로부터 주목을 받게 됩니다. 그러면 기분이 좋아져 더욱 열심히 하게 되지요. 멋진 사람이 더욱 멋있어지고 싶어 하는 '미용실 법칙' 과 마찬가지입니다.

# 잡은 고기에게도 먹이를 주라

저희 집안에서는 아침부터 맥주를 마시는 것이 당연시되어 있습니다.

가끔 집에 가서 '아, 난 안 마실래.' 하고 맥주를 거절하면 아버지께서 '너 어디 아픈 거 아니니?' 하고 물어보실 정도입니다. 우리 집에서는 물이나 차 대신 맥주를 마시고 상쾌하게 하루를 시작하지요.

그런 습관이 몸에 배어서인지 나는 도쿄에서도 매일 저녁 술만은 빠뜨리지 않고 마십니다. 하지만 아무리 술을 좋아한다 해도 아무 술집에나 다 가는 것은 아닙니다. 주인의 이야기가 재미있다거나 서비스가 좋다거나 왠지 분위기가 차분하다는 등 뭔가 한 가지라도 매력이 있는 가게라면 매일이라도 가고 싶지만, 첫인상이 좋지 않은 가게에는 두 번 다시 발걸음을 하지 않지요.

그리고 술을 좋아하는 사람이라면 알겠지만, 일단 마음에 든 술집은 절대로 망하면 안 되니까 정기적으로 얼굴을 내밀게 되지요. '주인장, 요즘 어때요?' 하고 근황을 묻는 식으로 말입니다. 그러면 어느새 손님들끼리도 친해지고 그 가게에 가는 것이 더욱 즐거워집니다.

매력 있는 술집은 손님이 손님을 부르게 되어 더욱 호황을 이루는 법이지요. 어떤 가게는 장사가 안 돼 형편이 어려워졌지만 단골손님들이 합심하여 그 가게를 다시 살렸다는 이야기도 들었으니까요.

그러면 여러분에게 한 가지 질문을 해보도록 하겠습니다.

여러분이 자주 다니는 이발소 근처에 새로운 이발소가 생겼는데, 시험 삼아 한 번 가보니 전에 다니던 가게보다도 요금도 싸고 머리 깎는 실력도 좋았습니다.

그렇다면 여러분은 다음부터 어느 이발소로 가겠습니까?

이렇게 질문을 하면 대부분의 사람들은 '당연히 새로 생긴 이발소로 가지요.'라고 대답합니다. 요금도 싸고 실력도 좋다면 그쪽으로 가는 것이 당연하겠지요.

하지만 회사 사장님들에게 똑같은 질문을 해 보면 한결같이 '오랫동안 다니던 가게로 가겠다'고 합니다.

그리고 다니던 가게 사장에게는 '옆에 새로 오픈한 가게는 요금도 싸고 실력도 괜찮다더군. 자네들도 더 분발해야 할 거야!' 하고 격려의 말을 해준다고 합니다.

이는 단골 술집이 망하는 걸 원치 않는 심정이나 마찬가지이지요.

점포는 이렇게 후원자임을 자처하는 고객이야말로 정말 소중하게 생각해야 합니다.

칭찬을 해주는 고객보다는 불만을 이야기해주는 고객이 소중한 법이지요.

손님이라는 차원을 넘어 이미 가게를 끔찍이 아끼는 경지에 이른 사람들은 가게 입장에서 보면 그야말로 보배와 같은 존재입니다. 술집이건 이발소이건 영업사원이건 이런 사람들을 무시하면 반드시 실패하고 맙니다.

영업으로 말하자면, 신규고객 개척에만 혈안이 되어 있는 사람은 일단 확보한 기존 고객에 대한 사후관리에 소홀해지기 쉽습니다.

하지만 그것은 고객에 대해 아주 불경스러운 행동입니다. 일단 신뢰관계를 쌓은 고객은 좀처럼 등을 돌리지 않는 법이므로 더욱 소중하게 생각해야지요.

예를 들면, 나의 경우는 현재 '주식회사 신규개척'의 대표로서 다양한 기업들을 대상으로 세미나를 개최하고 있는데, 요코하마 지점에서 세미나를 해서 평판이 좋으면 오사카 지점, 삿포로 지점으로 그 범위가 확대되어 나갑니다.

그리고 실적을 많이 쌓아 어떤 회사의 인사담당자와 연결고리가 확보된다면 그 다음은 어떻게 될까요?

이번에는 그 사람이 자기 주변의 아는 사람들에게 나의 존재를 선전해 주어 점점 정보가 확산되어갈 것입니다.

그렇게 되면 상담 약속을 잡기 위해 하루에 70통씩 전화를 걸지 않아도 일이 저절로 굴러들어올 것입니다. 실제로 나의 경우 사원교육연구소에 입사한지 2년째부터는 고객들의 소개만으로 일이 들어왔습니다.


또 당시 나는 낮에는 회사원으로 일하고 밤에는 술집에서 아르바이트를 했는데, 아르바이트를 하던 곳에서도 똑같은 방식으로 손님을 대하였습니다.

예를 들어 청주를 주문하신 손님에게는 '아차, 손이 미끄러졌네요' 하면서 일부러 술잔이 넘치도록 술을 따릅니다. 사실은 정해진 양이 있지만 나는 점장 몰래 조금씩 많이 따라주었지요.

그러면 손님들은 기분이 좋아져 '한 잔 더 가져와!' 하고 추가 주문을 해줍니다.

또 손님이 안주를 주문하면 '4인분이면 되겠습니까?' 하고 몇 인분인가를 내가 먼저 말합니다. 그러면 사실은 2인분만 시켜도 되는데도 '그냥 4인분으로 할까?' 하고 그대로 주문을 하게 됩니다.

고객 단가가 평균 2천 엔 정도의 점포였지만 내가 접객한 손님들만은 고객 단가가 5천 엔으로 평균을 훨씬 웃돌았으며, 그래서 점장도 불만이 있을 수 없었지요.

그러다가 손님들은 내가 참 재미있다며 자꾸 관심을 보여주게 되지요.

이렇게 해서 나의 팬들이 늘어나면 일하기가 아주 편해집니다. 그러면 이번에는 그 고객들이 다른 사람들을 데리고 오게 되고, 그렇게 되면 이제 나의 손을 떠나 다른 사람이 나의 영업을 대신해주게 되는 것입니다.

그러므로 목표는 여러분의 팬을 많이 만드는 것입니다. '○○씨를 위해서라면 뭐든지 하겠다.'는 이야기를 들을 수 있는 사람이 되어야 하는 것이지요. 물론 그렇게 되기 위해서는 상대방을 위해 노력을 아끼지 말아야 합니다. 정보는 남에게 제공하면 할수록 많이 들어오는 법이므로 자신의 팬들에게는 대가를 바라지 말고 정보나 충고를 아낌없이 제공해야 합니다.

확실히 영업을 할 때 신규 고객을 개척하는 일은 대단히 중요합니다. 하지만 고기를 낚을 때까지는 열심이다가 일단 낚고 나면 모른 척해서는 고객에게 너무나 실례가 되지요. 낚은 고기 뒤에도 더 큰 시장이 숨어 있다는 사실을 절대로 잊어서는 안 됩니다. 오히려 낚은 고기에게 진수성찬을 준비하여 소중하게 관리해 나갔으면 합니다.

신규고객 개척에만 혈안이 되어 있는 사람은 일단 확보한 기존 고객에 대한 사후관리에 소홀해지기 쉽습니다. 그것은 고객에 대한 아주 불경스러운 행동입니다. 일단 신뢰관계를 쌓은 고객은 좀처럼 등을 돌리지 않는 법이므로 더욱 소중하게 생각해야 합니다.

# 인생은 영업이다

# 영업은 여성들의 천직이다

세 살 정도 먹은 여자 아이가 아빠 무릎 위에 앉아 텔레비전을 보고 있는 모습은 참 보기 좋지요. 그런데 남자 아이들은 그런 귀여운 짓을 별로 하지 않는 것 같습니다.

이렇게 어린 나이에도 여자 아이들이 아빠의 귀여움을 받고 싶어 무의식적으로 영업을 하고 있는 것을 보면 영업이라는 일은 여성들의 천직인지도 모릅니다.

예를 들면, 매일 아침 커피를 사가지고 회사에 출근하는 샐러리맨이 있다고 합시다. 요즈음에는 어느 집 커피나 맛이 크게 다르지 않지요. 그럴 때 한 가게에서 여자 점원이 단순히 커피만 파는 것이 아니라 '오늘도 수고하세요!' 하고 따뜻하게 한 마디 건네준다고 한다면, 그것만으로도 사람들은 그 가게에서 커피를 사고 싶어질 것입니다.

그리고 여자들은 남자들에 비해 싫은 내색 하지 않고 자연스럽게 그런 서비스를 할 수 있는 것입니다.

또 여자들은 남자들보다 좋고 싫음이 비교적 분명합니다. 그래서 여자들은 영업을 할 때 장황하게 상대방의 비위를 맞추려는 말은 하지 않습니다. '살 거야, 안 살 거야? 안 살 거면 돌아갈 거야.' 하는 말을 거침없이 할 수 있지요. 바로 그렇기 때문에 영업 실적이 뛰어난 사람들 중에는 사실 여자들이 많습니다.

하지만 조심해야 할 것은 여자들은 적을 만들기 쉽다는 것입니다.

예를 들어 짧은 치마를 입고 교태를 부리면서 영업을 하면 거래처 안내 창구 직원이나 여직원들이 좋게 받아들일 리가 없으며, 그렇게 되면 상대방의 태도도 달라질 게 분명합니다.

물론 회사 내에서도 마찬가지입니다.

사원교육연구소에 근무할 때, 회사 내에서는 '동쪽의 아사쿠라, 서쪽의 M'이라고 할 정도로 히로시마에 영업 성적이 뛰어나고 실력이 대단한 M이라는 여직원이 있었습니다. 그런데 나는 별로 의식을 하지 않고 있었는데도 주위에서는 자꾸 두 사람이 라이벌이라고 떠들어대더군요.

그러다가 어느 날 마침내 그 M이라는 여직원과 첫 대면을 하게 되었습니다.

"안녕하세요? 아사쿠라라고 합니다. 꼭 한 번 만나 뵙고 싶었어요."

하고 내가 가볍게 인사말을 건네자, 그녀는

"어머, 그래요? 나는 별로 만나고 싶지 않았는데."

하는 게 아니겠습니까? 그것은 사실 그녀가 나를 놀리려고 한 말이었지요.

순간 나는 깜짝 놀랐지만 잠시 후 나도 경계심을 풀고 업무적인 일이나 개인적인 일에 대하여 솔직하게 얘기를 나누다 보니 의기가 투합하였고, 그 후 우리는 진정한 의미에서의 좋은 라이벌이 되었던 것입니다.

내 경험에 비추어볼 때, 같은 여자에게 미움을 받는 여자 영업사원은 비즈니스를 할 때도 최고의 자리에 오르기는 어렵다고 생각합니다.


그러고 보니 나는 어렸을 적부터 꽤나 조숙해서 학생 시절에 남자 아이들과 데이트를 할 때도 '설탕 몇 개 넣어?' 하고 묻고는 커피에 넣어주는 버릇이 베어 있었습니다.

하지만 사회에 나와서 그런 행동을 하다 보면 경우에 따라서는 다른 사람들 눈에 좋지 않게 비치는 경우가 있지요.

예를 들어 다른 여직원이 있는 앞에서 내가 남자 직원의 커피에 설탕을 타 주었다고 합시다. 그럴 때 남자 직원이 나에게 '아사쿠라 씨는 참 센스가 있네요.' 하고 나를 칭찬한다면 그건 그 여자의 입장을 무시하는 것이 되고, 그렇게 되면 그 여직원은 더 이상 나와 함께 다니려고 하지 않을 것입니다.

또 나는 아버지로부터 물려받은 결벽증 때문에 회사에서도 의자 줄이 약간만 비뚤어져 있어도 자꾸 신경이 쓰이는 성격입니다. 이따금 내가 의자 줄을 맞추고 있으면 선배들이 이렇게 말했지요.

"의자 줄이 좀 비뚤어지면 어떻고, 책상이 조금 어질러져 있으면 어때?"

그러면 나는 이렇게 대답했습니다.

"너무 신경 쓰여서요."

남자들로부터는 결혼하고 싶은 타입이라는 이야기를 듣던 나였지만, 개중에는 나의 결벽증을 불쾌하게 생각하는 사람도 있다는 사실을 깨닫게 되었습니다. 언젠가 누군가로부터 '먼지 때문에 죽는 사람은 없습니다.' 하는 이야기를 듣고 '그런가? 그러고 보니 먼지 때문에 죽는 사람은 없는 것 같네.' 하고 예전과는 달리 순순히 납득을 하고 나서는 그런 문제에 대해 별로 신경 쓰기 않게 되었지요.


그렇지만 남자들보다는 자연스럽게 남을 배려하고 마음을 쓸 줄 아는 것은 분명 여자들만의 특권이며, 영업은 그런 특권을 최대한 활용할 수 있는 직업이라고 할 수 있습니다. 그러므로 여성분들은 자신의 직감을 소중히 해야 한다고 생각합니다. 아니다 하는 것에 너무 집착하지 말고, 반대로 이거다 하는 것에는 전력을 기울여야 하겠지요.

본능이나 직감이란 과거에 자신이 경험하고 배양해온 최고의 재산이라고 할 수 있습니다. 그래서 나도 영업을 할 때는 직감을 아주 소중하게 생각하고 있지요.

Point

자연스럽게 남을 배려하고 마음을 쓸 줄 아는 것은 분명 여자들만의 특권입니다. 영업은 그런 특권을 최대한 활용할 수 있는 직업이라고 할 수 있습니다. 그러므로 아니다 하는 것에 너무 집착하지 말고, 반대로 '이거다' 하는 것에는 전력을 기울여야 합니다.

# 41

# 어떠한 경우에서도 자신의 이미지를 낮추지 마라

증권 파이낸스 회사에서 주식을 거래할 때 나의 상사는 늘 이렇게 말했습니다.

'어떤 상황에서도 정정당당하게 행동하라. 두려워하지 말고 기죽지 마라.'

그도 그럴 것이, 천만 엔밖에 잔고가 없는데도 삼천만 엔짜리 거래를 하기도 하고 얼굴도 본 적이 없는 고객이 전화 한 통으로 사천만 엔을 입금시키기도 하는데, 이런 것을 보면 정말 기가 죽을 만도 하지요.

하지만 내가 이런 일을 가지고 기가 죽는다면 고객들은 절대 내게 큰돈을 맡겨주지 않겠지요. 그래서 나는 스스로 일본 제일의 완벽한 브로커인 양 늘 당당하게 행동했습니다.

어째서 그런 힘든 일을 하게 되었느냐 하면 이유는 단 한 가지,

취직정보지 『비잉(B-ing)』에 나온 직업 가운데 월급이 가장 높았기 때문입니다. 이혼을 한 후 혼자 힘으로 살아가기 위해 어쨌든 나에게는 돈이 필요했으니까요.

처음에는 고정급으로 25만 엔씩 받았지만, 정신없이 뛰다보니 회사 매출의 80%를 혼자서 해내기에 이르렀고 월수입은 백만 엔을 넘게 되었습니다. 하지만 한 달에 백만 엔을 벌던 시절은 그리 오래 가지 못했고 주식으로 크게 실패하여 다시 빈털터리가 되고 말았지요. 빈털터리는 고사하고 수천만 엔이나 되는 빚까지 지게 되었습니다.

그렇게 어려울 때 나를 구해준 것이 바로 술집을 하는 친구였습니다.

나는 어지간히 가난했지만 남 앞에서 스스로 돈이 없다고는 한 번도 말한 적이 없습니다. 그런 죽는 소리를 해 봐야 내게 이득이 되는 것은 아무것도 없으니까요.

그러나 나에게는 종종 식사를 하러 가자거나 술 마시러 가자는 친구들이 몇 명 있어서 그나마 연명해 나갈 수가 있었습니다.

아무런 내색을 하지 않고 태연하게 술을 마시러 가면 친구들이 식사나 술을 사주었지요. 그래서 그 무렵에는 언젠가 그 친구들에게 은혜를 갚아야겠다는 생각을 하면서 대접을 많이 받았습니다.

한창 경기가 좋을 때는 당시 함께 주식 일을 하던 상사와 긴자의 유명한 음식점을 여기저기 돌아다니며 팁을 뿌려대기도 했지만, 막상 무일푼이 되고 보니 고작 가는 데라고는 분식집이나 대중식당 정도밖에 되지 못했지요. 그 당시 둘은 '이제껏 그 비싼 몇 천 엔짜리 밥을 아까워서 어떻게 먹고 다녔는지 몰라.' 하고 지난날을 회상하면서 분식집에서 500엔짜리 튀김덮밥을 맛있게 먹곤 하였죠.

하지만 그 때는 비록 돈은 없었지만 나름대로 즐거웠습니다. 사람이 평생 가난하게 살라는 법은 없으니까요.

중요한 것은 마음가짐입니다.

자신감이 없는 사람들은

'가난하니까 여자들이 따르지 않는다.'

'나는 무슨 일을 해도 안 돼.'

하는 식으로 생각을 하기 쉬운데 그런 사람에게는 이렇게 말해 주고 싶습니다.

"맞아요, 당신은 안 돼요. 당신 스스로 그렇게 되길 바라고 있으니까요."

하지만 나의 경우에는 살다 보면 앞으로 만회할 수 있는 기회는 얼마든지 있다고 믿었으므로 가난은 하나의 과정에 지나지 않았던 것입니다.

여러분, '어퍼메이션 카드' 라고 아시는지요?

예를 들어 '3개월 후의 나'를 주제로 삼아 자신이 3개월 후에 어떻게 되고 싶은지를 카드에 적어두는 것이지요.

영어로 affirm이란 확인한다는 의미이므로 요컨대 자신이 앞으로 3개월 동안 무엇을 하고 싶은지를 글로 확인하는 작업으로, 결과가 어떻게 나오든 그것은 아무 관계가 없습니다.

카드에 자신의 목표를 직접 글로 써봄으로써 자신에게 압력을 가하는 것이지요. 그리고 밤에 잠자기 전에 이불 속에서 그 카드를 읽어보는데, 이는 잠자기 전에는 정신이 흐릿하여 그 내용이 잠재의식 속에 쉽게 기억되기 때문입니다.

이 때

'나는 할 수 있다, 반드시 할 수 있다.'

하고 스스로 다짐을 해야 합니다. 자기 자신부터가 할 수 없다고 생각하면 정말로 하지 못하게 되니까요. 모든 일은 스스로가 결정하는 것입니다.

지금은 잘난 척 이야기하고 있는 나도 처음부터 인생에 대해 이렇게 진취적이었던 것은 아니었습니다. 나도 원래는 비극의 주인공 타입이었지요.

결혼생활에도 실패하고 주식에서도 실패했으며 남자를 보는 눈이 없다는 이야기도 많이 들었습니다.

이 모든 일을 남의 탓으로 돌리려 했던 시절이 나에게도 있었지요.

하지만 냉정하게 생각해 보니 내가 강요에 의해 억지로 결혼했느냐 하면 그런 것은 아니었습니다. 스스로 선택한 결혼이었지요. 모든 일은 자신의 판단 아래 결정해 왔던 것입니다.

그렇습니다. 인생이란 선택의 연속인데 스스로 선택했으면서도 실패를 남의 탓으로만 돌리고 있다는 사실을 어느 순간 나는 깨닫게 된 것입니다.

살아가면서 자신에게 일어나는 모든 일은 100% 자신의 책임이며 스스로 초래한 일인 것입니다. 자기가 사귀고 있는 사람도 그렇고 회사 또한 그렇습니다. 그렇게 생각하니 비로소 어깨가 가벼워지고 마음이 아주 편안해지더군요.

아무리 형편이 어렵더라도 자신감을 가져야 하며 자신의 불행을 남의 탓으로 돌려서는 안 됩니다. 바로 그것이 성공의 비결인 것입니다.

그리고 사소한 것이지만 한숨을 내쉬는 것도 자신감을 잃게 하는 결과가 됩니다. 왜냐하면, 한숨을 쉬는 것 자체가 주위 사람들에게 나는 불행하다고 광고하는 것이나 마찬가지니까요.

그래서 나는 주위 사람들이 한숨을 쉬면 '지금 그 한숨 내가 들이마셨어요!' 하고 그 사람의 한숨을 없애줍니다.

　그런 덕분에 내 주변에는 언제나 자신감 있는 사람들로 넘쳐나
지요.

카드에 자신의 목표를 직접 글로 써봄으로써 자신에게 긍정적인 압력을 가
하는 '어퍼메이션 카드'를 만들어봅니다. 밤에 잠자리에서 그 카드를 읽어
보면 그 내용이 잠재의식 속에 쉽게 각인됩니다. 이 때 '나는 할 수 있다',
'반드시 할 수 있다' 하고 스스로 다짐을 해야 합니다.

# 42

## 실패했다고 해도 잃을 건 아무것도 없다

'성공도 하고 실패도 하는 사람'과 '성공도 하지 못하고 실패도 하지 않는 사람'

세상 사람들은 모두 이런 두 가지 타입으로 나누어볼 수 있다고 생각합니다.

당대에 부를 일구어낸 억만장자로 전혀 실패를 하지 않고 성공한 사람은 한 사람도 없습니다. 세상사람 누구나 남들 모르게 넘어졌다가는 일어서고 또 넘어졌다가는 기어오르고, 이런 일을 수백 번 반복하고 나서 비로소 지금의 위치에 이르게 된 것입니다.

그런데 시중에서는 편하게 성공할 수 있다는 내용의 책들이 많이 팔린다고 합니다. 그래서 모두들 쉽게 성공할 수 있다고 생각하지요.

나는 그런 사람들을 보면 바보들 아니냐며 핀잔을 줍니다. 성공이란 절대로 그렇게 쉽게 이룰 수 없는 것입니다.

나는 서른다섯에 사원교육연구소에 입사했는데 그때까지는 영업에 대한 경험이 전혀 없었습니다. 소위 말하는 영업에 관한 책조차도 읽어본 적이 없었으므로 예비지식은 전무했다고 할 수 있지요. 그러나 지금 와 생각해 보면 오히려 그것이 다행이었는지도 모릅니다.

나는 주위 사람들이 '그렇게 하면 안 돼요.' 하고 충고를 해주어도 직접 해보지 않으면 알 수 없다며 밀고 나갔습니다. 그러다가 보기 좋게 실패하고는 '역시 그렇군요.' 하며 깨닫는 것이 내 일하는 스타일이었지요.

그렇게 이리 저리 뛰어다니며 여러 가지 시행착오를 겪었기 때문에 나의 감각이 민감하게 다듬어질 수 있었으며, 또 남들처럼 그렇게 가만히 앉아서 '삶은 개구리' 가 되기는 싫었던 것입니다.

삶은 개구리가 뭐냐고요?

개구리는 갑자기 뜨거운 연못 물속으로 뛰어들면 깜짝 놀라 뛰쳐나오지만, 연못에 들어가 있는 상태에서 서서히 물의 온도가 높아지면 뜨거운 걸 느끼지 못한 채 그대로 익어 죽게 되지요. 이렇게 환경 변화에 둔감한 개구리는 결국 도태되고 맙니다.

나는 그렇게 손도 한 번 써보지 못한 채 뜨거운 물속에서 자멸하고 싶지는 않았습니다. 그래서 영업을 할 때도 나는 온몸으로 부딪혔습니다.

　전례 같은 것은 무시하면서 내가 직접 그렇게 몸으로 부딪쳐 배운 끝에 나는 4년 만에 영업교본의 상식을 뒤엎는 '아사쿠라 스타일'을 완성했던 것이지요.

　인생을 살면서 먼 길을 돌아가는 것은 쓸데없는 낭비인 것 같지만 사실 그렇게 무의미한 것만은 아닙니다. 영업도 마찬가집니다. 왜냐하면, '사장님, 제가 지난번에 이러이러하게 하다가 실패를 했는데 이러이러한 좋은 점도 있었지요.' 하는 것과 '제가 들은 이야기인데요, 그렇게 하면 위험하다던데요.' 하는 것과는 받아들이는 입장에서 설득력이 전혀 다릅니다.

　성공하지 못한 사람들은 언제나 가정형(假定形)으로 이야기합니다. 하지만, 성공을 거둔 사람들은 다른 사람에게서 얻어들은 지식이 아니라 자신이 직접 체험을 통해 얻은 지식을 바탕으로 이야기를 합니다.


　"아마 그럴 거예요."
　"그럼 직접 해 보셨나요?"
　"아뇨."
　하는 식이 되어서는 안 되지요.

'실패는 경험이며 재산' 이라는 것이 나의 지론입니다.

자신이 직접 실패를 해봤기 때문에 다른 사람들에게 해줄 이야기도 많을 것이며, 아무리 시시한 실패담이라고 해도 유사시에는 영업을 할 때 이야깃거리로 활용할 수 있지 않을까요? 그러므로 실패 경험이라고 해서 전혀 쓸모없는 것은 아니지요.

그러므로 인생을 살아가면서 자꾸 실패를 해보는 것이 좋습니다. 다시 말해, 도전하는 데 의미가 있다는 뜻입니다. 실패는 부끄러운 것이 아니며 실패로부터 배운 교훈은 평생의 재산이 되니까요.


실패라고 하니까 생각나는 이야기가 있습니다.

어렸을 적부터 호기심이 왕성했던 나는 어머니가 운영하시던 술집이 쉬는 날 동생과 함께 몰래 가게에 들어가 본 적이 있습니다.

칵테일을 만들기 위한 술들이 선반에 가득 진열되어 있었는데, 동생과 나는 위에서부터 순서대로 모두 한 번씩 마셔보자고 작정하고 한쪽에서부터 모든 술을 맛보기 시작했습니다. '이 술 맛있는데.', '이것도 괜찮네.' 하면서 말이지요.

그런데 '압생트' 라는 독한 양주에서 그만 제동이 걸리고 말았습니다.

압생트라는 술은 알코올 도수가 60도 정도는 되는 듯했는데, 그 술을 한 모금 마시니 입안에 불이 붙는 것 같았죠. 그런 일이 있은 후로는 가게 술에는 손도 대지 않게 되었습니다.

역시 무슨 일이든 아픈 경험을 해보지 않으면 알 수 없는 법이
지요.

성공하지 못한 사람들은 언제나 가정형(假定形)으로 이야기하지만, 성공을
거둔 사람들은 자신이 직접 체험을 통해 얻은 지식을 바탕으로 이야기합니
다. 실패는 부끄러운 것이 아니며 실패로부터 배운 교훈은 평생의 재산이
되는 것입니다.

# 돌도 지나치게 튀어 나오면 정을 맞지 않는다

내가 고등학교에 들어갈 때 우리 집에는 입학금을 낼 돈이 없었습니다.

정해진 기간 내에 입학금 10만 엔을 내야 했지만 마감 날짜까지는 돈을 마련하기가 어려웠던 것이지요.

그런데 아버지는 이렇게 말씀하시는 것이었습니다.

"며칠만 기다려달라고 해!"

하지만 아이가 어떻게 학교에 그런 이야기를 할 수 있겠냐며 어머니는 고모님 댁에 가서 10만 엔을 빌려 오셨습니다.

아버지는 다른 사람의 어음에 배서를 하고 보증을 섰다가 일이 잘못되어 1억 엔의 빚을 지고 있었는데, 빚 독촉이 어지간히 심했는지 얼마 후 아버지는 어디론가 모습을 감추고 말았지요. 그 후 어머니께서는 혼자서 서른다섯 살 때부터 마흔여덟 살 때까지 13년에 걸쳐 그 1억 엔이라는 빚을 모두 다 갚으셨습니다.

어느 날 학교에서 돌아와 보니 집안 여기저기에 빨간 딱지가 붙어 있더군요. 이게 뭐냐고 묻자 어머니는 집에 압류가 들어왔다고 했지요. 그러면서도 어머니께서는 이런 상황을 결코 피하지 않으셨습니다.

그리고 빚을 다 갚고 나자 어머니는 뇌혈관이 터져 쓰러지시고 말았지요.

예전부터 나는 어머니에게 이렇게 이야기하곤 했습니다.

"왜 엄마가 그 빚을 갚아야 하는데! 어째서 남의 빚을 엄마가 갚아야 하느냐고! 그 따위 아빠하고는 갈라서 버려!"

그러자 어머니께서는

"너희들이 결혼할 때까지는 절대로 갈라설 수 없다! 너희들이 애비 없는 자식이라는 소리를 들으면서 무시당하고 눈치 보게 할 수는 없어!"

하시는 것이었습니다.

우리 어머니는 너그럽고 온화하신 분이지만 성격이 외골수적이셨습니다. 가정교육도 엄하였고 늘 '술장수 자식이라 그렇다는 이야기를 듣지 않도록 조심해서 행동해라.' 하고 입버릇처럼 말씀하시곤 하셨죠. 아무래도 나는 어머니의 가슴속 깊은 곳에 숨어 있는 이런 꿋꿋함이라고나 할까, 오사카 사람들의 오기와도 같은 그런 성격을 물려받은 것 같습니다.

사원교육연구소에 입사했을 때 나는 무슨 일이 있어도 남들이 감히 넘볼 수 없는 톱 세일즈우먼이 되겠다고 스스로 맹세했습니다. 그래서 입사 당시 후지산(富士山) 자락에서 13일 동안 합숙을 하는 지옥훈련도 여직원들은 너무 힘들어서 받지 않아도 되었지만 나는 자원해서 그 훈련을 받았습니다.

또 신입사원 시절 선배들과 동행하여 영업에 대한 노하우를 배우는 기간이 있는데, 그럴 때 선배와 고객이 대화를 나누면 신입사원들은 잠자코 듣고 있는 것이 보통이지만 나는 기회 있을 때마다 대화에 끼어들었습니다. 인형처럼 입 다물고 앉아 있을 바에는 아예 없는 편이 낫지요. 게다가 죽은 듯이 가만히 앉아 있는 것보다는 참견을 하다가 '넌 잠자코 있어!' 하는 소리를 듣는 것이 차라리 낫고, 또 만약 선배가 그만두면 내가 그 일을 이어받아야 한다고 생각했기 때문에 그렇게 했던 것입니다.

어쨌든 나는 영업에 대한 선입견이 전혀 없었기 때문에 하는 일마다 영업 상식에서 크게 벗어났습니다. 그래도 실적이 점차 좋아졌기 때문에 주위 사람들은 뭐라 할 말이 없었고 상사들도 '아사쿠라가 하는 일이니 할 수 없지.' 하며 체념을 했지요.

원래 나는 잔재주를 부릴 줄 모르는 타입이라서 실패를 하건 성공을 하건 모든 일이 시원시원했지요. 상담을 할 때는 처음부터 실권자를 만나 굵직한 계약을 따내곤 했습니다. 그 대신 언제든지 크게 실패할 수 있는 위험부담도 있긴 했지요.

그렇게 정신없이 일하던 시절을 거쳐 2001년에 나는 드디어 내 사무실을 갖게 되었습니다.

여자 혼자 힘으로 나를 대학까지 나오게 해주신 어머니에게 이제는 제대로 된 식사를 대접할 수 있게 되었고, 지금까지 받아오기만 한 은혜를 조금씩이나마 갚아나가고 있습니다.

**Point**

영업에 대한 부정적 선입견이 전혀 없었기 때문에 하는 일마다 영업 상식에서 크게 벗어났지만 실적은 점차 좋아졌습니다. 원래 잔재주를 부릴 줄 모르는 타입이어서인지 오히려 굵직한 계약을 따낼 수 있었습니다.

## 영업만큼 재미있는 직업은 없다

어렸을 적에는 우리 가게의 장사가 너무 바빠 발레나 피아노를 배우지 못했습니다.

그래서 친구의 발레 발표회에 다녀와서는 집에서 혼자 다리를 올려보기도 하며 발레리나의 흉내를 내곤 했지요.

'언젠가는 나도 꼭 많은 사람들 앞에서 멋지게 발레를 추어 박수갈채를 받아야지.'

나는 어려서부터 스타를 동경하는 마음이 아주 강했습니다. 하지만 언제나 그 꿈은 이루어지지 않았지요.

학예회의 주인공을 뽑을 때도 매번 마지막 결선까지는 올라가지만 주인공까지는 되지 못했습니다. 노래도 꼭 나보다 잘 하는 아이가 있었고, 학생회장에 입후보했을 때는 회장이 아닌 부회장에 선출되기도 했지요. 나의 초등학생 시절은 그렇게 불운의 연속이었습니다.

어려서부터 노래하기를 무척 좋아하여, 내가 한 살 때 '치에코, 노래 한 번 해봐라.' 하면 친척 오빠들의 하모니카나 아코디언 반주에 맞추어 당시 유행하던 '고교 3학년'이라는 노래를 1절부터 3절 끝까지 부르곤 했다고 합니다. 그래서 어렸을 때 사진을 보면 한결같이 마이크를 들고 있는 모습뿐이지요.

그렇게 자신하던 노래마저도 최고가 되지는 못했습니다. 하지만 언젠가는 꼭 무대에 서야겠다는 꿈만이 늘 마음속에서 꿈틀대고 있었지요.

사춘기가 되어서는 스튜어디스를 동경하게 되었습니다. 요즈음 말하는 여객기 승무원 말입니다. 그런데 주위 사람들로부터 나의 국적이 한국이라 스튜어디스는 될 수 없다는 사실을 알게 되었습니다.

'그렇다면, 변호사가 되겠다!'

그러나 그 꿈 역시 국적 문제로 인해 좌절되고 말았지요.

하지만 나는 도저히 그 꿈을 포기할 수 없었습니다. 그래서 사원교육연구소에 입사한지 2년째인 서른여섯 살 때 4일간의 휴가를 내고는 일본항공의 스튜어디스 연수를 받으러 갔지요.

스튜어디스가 되는 것은 나의 오랜 꿈이었기 때문에 기내에서 차를 나르는 것에서부터 걸음걸이까지 기를 쓰고 배웠고, 유니폼을 입은 사진도 많이 찍었습니다.

그러자 마지막 날 강사가 내게 이렇게 말하더군요.

"아사쿠라 씨는 우리 직원들이 하는 행동을 하나도 놓치지 않고 정말 잘 집중해 주었습니다."

그래서 나는 이렇게 말했습니다.

"스튜어디스는 나의 꿈이었습니다. 하지만 저의 국적은 한국입니다. 그것 때문에 스튜어디스가 될 수 없다는 이야기를 듣고 나는 꿈도 가질 수 없나 하며 정말 낙담했습니다. 그런데 얼마 전 홋카이도로 출장을 갈 때 일본항공을 탔는데 그 때 이 스튜어디스 연수가 있다는 사실을 알게 되었지요. 그 순간 나는 단 한 번만이라도 좋으니 스튜어디스 제복을 입어보고 싶다는 생각이 강하게 들었고, 그래서 이번 연수에 참가하게 되었습니다."

나는 거리낌 없이 솔직하게 하고 싶은 이야기를 모두 털어놓았습니다. 그곳에서 내 얘기를 듣고 있던 사람들이 모두 눈물을 흘리더군요.


지금 생각해 보면, 내가 하고 싶은 일은 하나도 할 수 없었던 답답한 어린 시절이었지요. 그러나 중학교에 들어가고부터는 상황이 조금씩 바뀌기 시작했습니다.

중학교에는 여러 초등학교를 졸업한 아이들이 모이므로 그때까지와는 전혀 다른 역학관계가 형성되게 되었지요. 그리고 친구 관계도 많이 달라지는 가운데 나는 배구부의 주장을 맡게 되었고, 중학교 3학년 때는 모국 전국대회에서 우승을 하기도 하였습니다.

그 후 고등학교와 대학교 때도 배구로 우승을 하였으므로 금메달은 많이 딴 셈이지요.

'누군가의 평가를 받고 뽑히는 것이 아니라 스스로 결과를 낼 수 있는 분야에서는 반드시 최고가 될 수 있다.'

나의 이런 인식은 중학생 때 시작한 배구를 통해서 얻을 수 있었다고 생각합니다.


어쩌면 나는 어렸을 적 욕구의 불완전연소로 인해 어른이 될 때까지 그 에너지가 축적되어 있었는지도 모르지요. 요즘 들어서는, 내가 서른다섯이라는 나이에 영업에 데뷔할 수 있었던 것도 그렇게 축적된 에너지 덕분이라는 생각이 자꾸 듭니다. 그래서 내가 영업이라는 일을 시작했을 때도 '반드시 최고가 되겠다!', '나는 최고가 될 수 있다!' 고 생각할 수 있었던 것입니다.

누군가의 평가로 실적이 결정되는 것이 아니라 자기가 한 만큼 결과가 나오는 이 영업이라는 일이 진짜 내 적성에 맞았는지도 모르지요.

만약 지금 여러분의 실적이 생각대로 오르지 않는다 하더라도 '어째서 저 사람은 실적이 좋은데 나는 안 될까?' 하고 절대 기죽지 마십시오.

그런 오기를 에너지로 바꿀 수 있는 힘만 있다면 여러분은 반드시 도약할 수 있습니다. 나 같은 사람도 해냈으므로 여러분도 분명할 수 있습니다.

**Point**

서른다섯이라는 나이에 영업에 데뷔할 수 있게 된 것은, 누군가의 평가로 실적이 결정되는 것이 아니라 자기가 한 만큼 결과가 나오는 것이 바로 영업이기 때문입니다.

# 45

## 늘 낭떠러지 끝에 선 기분으로 일을 하라

여러분은 '금붕어와 피라니아'의 이야기를 아십니까?

수십 마리의 금붕어를 수송할 때 금붕어만 수조에 넣으면 도착할 때쯤이면 거의 다 죽는다고 합니다. 그런데 그 수조 안에 성질이 포악한 피라니아를 한 마리 넣어두면 대부분의 금붕어가 살아있다고 하는데, 어째서 그럴까요?

그것은 피라니아에게 잡혀 먹히고 싶지 않다는 위기감이 금붕어들을 활발히 움직이게 하기 때문입니다. 그런 식으로 사람도 어느 정도의 긴장감이나 긴박감이 있어야 최대한의 힘을 발휘할 수 있는 것은 아닐까요?

나는 솔직히 말해 무슨 일이든 미적지근한 것을 싫어합니다. 항상 자신을 몰아세우면서 달려 나가고 싶어 하며, 그러다가 갑자기 쓰러진다 해도 후회하지 않는 그런 인생을 살고 싶은 것입니다.

그런데 그런 나를 보고 주위에서는 이렇게 말합니다.

"아사쿠라 씨, 그렇게 죽기 살기로 할 것까지 뭐 있나. 가끔씩은 여유를 가지는 것도 중요해."

그런데 그렇게 이야기하는 사람들을 보면 한결같이 늘 여유만 부리는 사람들이어서 나도 모르게 이렇게 대꾸해 주고 싶어집니다.

"그렇게 여유만 부리다 보면 당신같은 사람이 될까봐 그럴 수는 없지요."

사람은 목표만 정해지면 언제든지 달릴 수 있습니다.

2004년 아테네 올림픽 여자 마라톤 경기 때 무리에서 뒤쳐지려던 일본 선수를 보고 해설을 하던 아리모리 유코(有森裕子) 씨는 이렇게 말했지요.

"지금 여기서는 어떻게든 힘을 내 무리를 따라붙어야 하는데요. 혼자 뒤처지면 더 이상 따라잡을 수 없어요."

요컨대 자기 가시거리 내에 사람이 있으면 그 사람을 목표로 하여 달릴 수 있지만, 목표물을 놓쳐버린 마라톤 선수는 순식간에 페이스가 떨어진다고 합니다.

그래서 나는 아무리 사소한 일이라도 반드시 기한을 정하고 목표를 세워 자신을 몰아붙입니다.

증권 파이낸스 회사에서 근무할 때의 일인데, 그때까지 주식 매매 같은 일은 해본 적이 없었으므로 처음에는 무서워서 전화도 걸지 못한 채 수화기를 든 손이 벌벌 떨릴 정도였지요.

하지만 상사가 자꾸 전화를 걸라고 재촉해서 할 수 없이 나는 절대로 수화기를 내려놓지 않겠다고 단단히 마음먹고 전화를 걸어대기 시작했습니다.

주위 직원들은 담배를 피워대며 일을 하는 둥 마는 둥 하는 사이에도 나는 수화기를 붙든 채 계속 다이얼을 돌려댔습니다. 전화를 거는 게 무섭기는 했지만 내 입장에서는 그렇게 할 수밖에 없었지요.

그리고 한 달 내에 결과가 나오지 않으면 그만두자고 스스로 기한을 정했습니다. 그렇게 하다 보니 두 번째 주, 세 번째 주부터는 계약이 이루어지기 시작하더군요.

그 후 사원교육연구소에 들어갔을 때도 나는 3년 안에 톱 세일즈 우먼이 되겠다고 다시 기한을 정하고 목표를 세웠습니다.

생각해 보면, 내가 지금까지 거두어온 성공은 모두 스스로를 낭떠러지 끝으로 몰아세운 데서부터 시작되었습니다. 그런데 사람들은 좀처럼 자신을 낭떠러지 끝으로 몰아세우지 못하는 것 같더군요. 떨어질까 무서우니까요.

하지만 나는 언제나 설사 떨어진다고 해도 어떻게든 살 수 있는 방법이 있을 거라고 생각합니다.

현재 나는 데이코쿠(帝國)호텔에 사무실을 차려 놓고 있어 사람들로부터는 '그 유명한 데이코쿠호텔에 사무실이 있어?' 하며 부러움을 사기도 하지만, 언제든지 상황이 어려워지면 무슨 일이든 할 각오는 돼 있습니다. 허름한 단칸방 아파트에서라도 일은 할 수 있으며 반드시 재기할 수 있다는 확신이 있으니까요.

이혼을 한 후 나는 당장 먹고 살기 위해서 어떻게든 일을 해야 했습니다. 그러던 어느 날 도쿄 고탄다(五反田)역 앞에서 시계를 팔고 있던 오빠를 발견했는데, 그 순간 나도 모르게 내 입에서는 이런 말이 튀어나오더군요.

"나도 여기서 같이 일하게 해줘!"

나는 오빠로부터 그곳 책임자를 소개받고는 매주 주말 책임자의 차 벤츠에 모조 브랜드의 모자나 티셔츠를 잔뜩 싣고 아키하바라(秋葉原) 전자상가로 나가 길거리에서 물건을 팔았습니다.

그러다가 결국 그 책임자가 도로교통법 위반으로 붙잡혀 들어가 그 일은 더 이상 할 수 없게 되었습니다. 당시 사람들은 '아사쿠라 씨, 당신은 그런 곳에서 물건을 팔고 있을 사람이 아니야'라고 나를 칭찬해 주었고, 전남편으로부터도 '당신은 참 대단해. 나는 자존심 때문에 그런 일은 도저히 못할 거야.'라는 말을 들었지요.

하지만 나는 어떻게든 먹고 살기 위해 그런 일을 했을 뿐입니다.

내일 끼니를 잇기 위해서는 어쨌든 일을 해야만 했으니까요.

그 후 증권 파이낸스 회사에서 근무했지만 나는 주식으로 크게 실패하여 다시 빈털터리 알거지가 되고 말았지요. 아직까지도 잊을 수 없는 1997년 설 때는 집에 돌아갈 돈이 없어 당시 기르던 요크셔테리어 가부와 단둘이서 새해를 맞이했습니다. 내가 주식에 관련된 일을 하고 있어서 '가부(株)'라는 이름을 붙여 주었지요.

섣달 그믐날 나는 애완견 가부를 무릎에 앉힌 채 방안에 틀어박혀 컴퓨터로 연하장을 만들었습니다. 그리고 내년에는 멋진 한 해가 되도록 하자고 가부와 맹세하면서 새해를 맞이했지요.

낭떠러지 끝으로 자신을 몰아세우는 것은 분명 두려운 일이지만 그렇다고 미적지근하게 행동해서는 아무것도 할 수 없습니다. 설사 낭떠러지에서 떨어진다고 해도 그것으로 인생이 끝나는 것은 아니니까 최대한 자신을 몰아붙여야 합니다.

저희 어머니는 아버지가 남의 보증을 서줌으로써 1억 엔이라는 빚을 지게 되었지만 미친 듯이 일을 하여 그 빚을 모두 갚았습니다. 그 일에 비한다면 내가 주식으로 실패하여 지게 된 수천만 엔의 빚은 아무것도 아니었지요.

인생은 얼마든지 다시 시작할 수 있습니다. 나도 주식으로 실패하기 전에 8백만 엔 정도 되는 전 남편의 빚을 갚아본 경험이 있는데, 그 때는 살던 집을 재활용 센터로 만들어 옷가지에서부터 구두, 액세서리까지 가지고 있던 물건들을 일단 닥치는 대로 팔았습니다.

물건의 가격은 고객들이 결정하도록 하였으며 너무 싸게는 팔지 않았지요. 개중에는 만 엔에 샀던 물건을 2만 엔에 사주는 여자도 있었고, 젊은 아가씨에게는 할부로 팔기도 하였습니다. 또 멀리서 온 사람들에게는 상자째 택배로 보내주고는 필요 없는 것만 다시 돌려보내달라고 하기도 했고요.

당시 구두만 해도 40켤레 정도 되었으니까 상당한 돈이 되었지요.

사람은 죽을 각오로 임하면 무슨 일이든 해낼 수 있습니다.
그러므로 목표는 약간 무리하게 잡는 것이 좋다고 생각합니다.

Point

피라니아에게 잡혀 먹히고 싶지 않다는 위기감이 금붕어들을 활발히 움직이게 하듯 어느 정도의 긴장감이나 긴박감이 있어야 최대한의 힘을 발휘할 수 있습니다. 설사 낭떠러지에서 떨어진다고 해도 그것으로 인생이 끝나는 것은 아닙니다.

# 46

# 꿈을 실현할 때는 타이거우즈 방식으로 하라

미국의 프로골퍼 타이거우즈는 역산방식으로 시합을 운영해 나 간다는 이야기를 들은 적이 있습니다.

우선 목표가 있으면 그 목표로부터 역산을 하여 작전을 세우고 목표를 달성하기 위해 지금 해야 할 일을 산출해 나가는 방식을 말 하지요.

유능한 영업사원이 일을 하는 방식도 마찬가지입니다.

먼저 목표가 있어야겠지요. 그 목표로부터 '지금 나는 무엇을 해 야 하는가?'를 역산하여 생각해낼 줄 안다면 그 사람은 분명히 크 게 성장할 것입니다.

석 달 안에 10건의 계약을 따내겠다는 단기적인 목표도 괜찮으 며, 장기적인 경우에는 만약 10년 후에 사장이 되겠다는 목표가 있 다면 그러기 위해서는 5년 후의 자신은 어떤 위치에 있어야 하고,

3년 후에는 어때야 하며, 1년 후에는 어떻고, 지금은 어때야 하는지 꼼꼼히 생각할 수 있어야 합니다.

이런 식으로 역산해 나감으로써 목표를 달성하기 위해 자신이 지금 취해야 할 행동을 확실하게 알 수 있게 되는 것입니다.

반면, 목표가 없는 사람은 전혀 달라질 생각이 없는 것이나 마찬가지입니다.

그러므로 영업을 할 때도 그저 막연하게 '하겠습니다.', '열심히 뛰겠습니다.', '실적을 올리겠습니다.' 하는 식으로 말하는 사람은 전혀 움직이고 있지 않은 사람이라고 할 수 있습니다. 왜냐하면 그런 사람에게는 구체적인 목표가 없으니까요.

구체적인 목표가 있다면 '~을 하기 위해 노력하겠습니다.', '다음 달까지 계약을 ○건 올리겠습니다.' 하는 식으로 구체적인 수치를 제시할 수 있을 것입니다.

사람이란 아무리 사소하다고는 해도 일단 목표가 생기면 갑자기 활력이 샘솟는 법입니다.

예를 들어 대학시절에 학교 청소와 같은 행사가 있으면 나는 솔선해서 앞장섰습니다. 그러나 그저 단순히 풀을 뽑거나 바닥을 청소해서는 재미없지요.

그래서 나는 참가자들에게 이 행사는 학부 대항 풀뽑기 대회라며 독려하여, 자칫 귀찮다고 생각하기 쉬운 작업을 위해 모두가 열심히 경쟁할 수 있도록 목표를 설정해주었던 것입니다.

어려서부터 자주 집안일을 도와 풀을 뽑기도 했으므로 풀 뽑는 일에는 일가견이 있어서, '그건 이렇게 뽑는 거야.', '뿌리까지 뽑아야 돼.' 하고 지도하면서 우리는 어느 학부보다도 깨끗이 뽑는 걸 목표로 즐기면서 일을 했던 기억이 있습니다.

나는 초등학교 2학년 무렵부터 집안일을 돕기 시작했습니다. 학교에서 돌아오면 바로 콩나물의 꼬리 자르는 일부터 시작했지요. 우리 집은 갈빗집과 스낵바를 운영했으므로 어머니를 돕기 위해 콩나물 꼬리를 양동이 가득, 그것도 가위가 아니라 손으로 잘라야 했습니다. 사실은 친구들과 놀고 싶었지만 나는 싫은 표정 하나 짓지 않고 열심히 일을 도왔지요.

이렇게 어려서부터 장사 일을 도우면서 어른들의 세계도 지겨울 정도로 보아 왔기 때문에 나에게는 어딘지 사회를 달관한 듯한 면이 있었는지도 모릅니다.

무슨 일이든 웬만큼은 할 수 있다는 자신감이 항상 내 마음속에 자리하고 있었지요.

그런데 그런 나의 자신감을 위협하는 한 사건이 있었습니다.

사원교육연구소에 들어가 지옥훈련을 받을 때의 일이었지요.

처음에 100명이 모인 가운데 '한 사람씩 자신의 결의를 발표하는 시간을 갖도록 하겠습니다. 이름이 호명되면 큰 소리로 대답을 하고 시작해 주십시오.' 하는 것이었습니다.

내 차례가 되어 내가 대답을 하니까 '잠깐, 목소리가 너무 작아.

다시 해!' 하는 것이었어요. 그래서 나는 다시 큰 소리로 대답을 했지만 계속 다시 하라는 것이었습니다.

원래 목소리는 큰 편이라고 믿고 있었기 때문에 나는 쉽게 통과하리라고 생각했는데, 그 사람들이 요구하는 차원은 상상 이상이었습니다. 마지막에는 미친 듯이 '옛!' 하고 젖 먹던 힘까지 다 내어 외쳤더니 그때서야 겨우 통과시켜 주더군요.

"할 수 있으면 처음부터 큰 소리로 해! 할 수 있는데도 하지 않는 것을 엄살이라고 하는 거야."

이 지옥 특훈은 당초 남자 사원들만 받도록 되어 있었으나, 나는 어차피 할 바에는 최고의 난코스 훈련을 받겠다며 스스로 자원해서 그 훈련을 받았던 것입니다.

그리고 입사 2년째에는 강사 특훈을 받고 2시간짜리 무료 시범 세미나를 스스로 자청해서 했는데, 거기에는 이런 사연이 있었습니다.

입사 2년째인 1998년, 나는 사장님 앞으로 보낸 연하장에 '목표는 톱 세일즈우먼, 사장님의 후계자' 라고 적었고, 이어서 '금년에는 강사 공부도 해보고 싶습니다.' 라고 적었던 것입니다.

그러자 바로 사장님으로부터 답장이 왔고 거기에는 '강사 특훈을 시작할 것 ' 하는 지시가 적혀 있었습니다.

일단 목표를 세우면 그 목표를 여러 사람 앞에서 선언하는 것도 한 가지 방법입니다. 나의 경우도 일단 사장님에게 나의 목표를 선언한 이상 더 이상 물러설 수는 없다고 생각을 했으니까요.

여담이지만, 얼마 전 고(故) 죠지 시슬러(George Sisler) 선수가 보유하고 있던 시즌 257안타의 미국 메이저리그 기록을 일본의 이치로 선수가 84년 만에 깨뜨렸지요.

그는 어느 날 갑자기 기록에 가까이 다가선 것이 아니라, 무려 10년 전 일본에서 활약할 때부터 메이저리그의 기록인 '257'이라는 숫자가 머릿속에 박혀 있었다고 합니다.

즉, 이치로 선수는 10년 전부터 세운 목표를 향해 착실히 노력을 거듭해서 마침내 대기록을 세웠다는 이야기입니다.

**Point**

먼저 목표가 있어야하고, 그 목표로부터 '지금 나는 무엇을 해야 하는가?'를 역산하여 생각해낼 줄 안다면 그 사람은 분명히 크게 성장할 것입니다. 그러면 목표를 달성하기 위해 자신이 지금 취해야 할 행동을 확실하게 알 수 있게 되기 때문입니다.

# 남과 과거는 바꿀 수 없다

예전에 좀 이상한 일을 겪었습니다. 거래처에 갔다가 문득 발밑을 보니 반지의 보석 부분만 바닥에 떨어져 있는 것이었어요. 처음에는 '이걸 어디다 가져다주면 되나?' 망설였지만, '에이!' 하고 일단 명함수첩에 넣어 두었습니다.

며칠이 지난 후 나는 친구와 술을 마시다가 그녀에게 내 반지를 보여주며 '이거 전남편에게서 받은 약혼반지하고 결혼반지를 합쳐서 만든 거야.' 하고 자랑스럽게 이야기를 했지요. 그런데 집에 돌아와 그 반지를 보석함에 넣으려다 보니 반지에 박혀 있던 보석이 보이지 않는 거예요. 그래서 '혹시 지난번에 주운 보석이 여기에 맞지 않을까?' 하는 생각에 명함수첩에서 그때 주운 보석을 꺼내 맞춰 보았지만 맞지 않더군요.

사실 나는 그 보석을 주웠을 때 '이 보석을 잃어버린 사람은 아주 속상하겠네.' 하는 미안한 느낌이 순간적으로 스쳤습니다. 그런데도 나는 어떠한 행동도 취하지 않았으며 이번에는 내가 그 꼴을 당한 것이지요.

누워서 침 뱉는다는 말이 있듯이, 좋지 않은 행동은 반드시 자신에게 돌아오는 법입니다. 아무도 보지 않는 곳에서도 떳떳하지 못한 행동은 하지 말자고 나는 그때 맹세했습니다.

내 반지에 박혀 있던 보석을 잃어버린 이 사건은 '9년간의 결혼 생활은 이미 끝났다. 볼 때마다 전남편을 생각나게 하는 이 반지는 이제 끼지 말라.'는 경고라고 해석하고 나는 그 후 더 이상 그 반지를 끼지 않습니다.


그러고 얼마 후, 내가 산 롤렉스 손목시계가 모조품이라는 사실을 알게 되었습니다.

옛날 같았으면 당장 '어째서 모조 시계를 파는 거야?' 하고 상대방에게 따졌을 것이고, 설혹 말로는 표현하지 않았다 하더라도 속으로 그렇게 생각하며 '난 참 운도 없어, 이런 가짜나 사고.' 하며 자책했을 것입니다.

하지만 지금은 '그래? 이게 가짜란 말이지. 제대로 살펴보지 않으면 다음에 또 이렇게 당할지 모르지.' 하는 식으로 생각하는 것이 달라졌지요.

즉, 내가 아무리 노력을 한다 해도 남과 과거는 바꿀 수 없는 법입니다. 가짜 시계를 샀다는 것은 이미 엎질러진 물이며 그 물건을 판 사람을 아무리 원망해 봐야 소용이 없지요.

하지만 가짜 시계를 샀다는 사실을 교훈으로 삼으면 두 번 다시 같은 실수하지 않도록 할 수 있습니다. 다시 말해, 자신과 미래는 얼마든지 바꿀 수 있다는 이야기인 것입니다.

이와 같이 마음가짐이 달라지면 행동이 달라지고, 행동이 달라지면 인격이 달라지며, 인격이 달라지면 운명까지도 바꿀 수 있다고 생각합니다.

그래서 나는 모든 일을 긍정적으로 생각하는 버릇을 들이려고 노력하고 있습니다.

혹자는 이렇게 말합니다.

"아사쿠라 씨는 대학을 나와서도 국적 문제 때문에 좋은 회사에 취직도 할 수 없었지요. 하지만 당신은 정말 성공한 케이스라고 할 수 있어요. 학교 선생님도 했고 회계사무소에서 근무하기도 했으니 말이에요."

하지만 나는 그렇게 생각하지 않습니다. 내가 재일 한국인이라는 사실에는 변함이 없으며, 또 내가 한국 사람이라고 해서 아무 일도 할 수 없는 것은 아니니까요.

실제로 나는 어쩔 수 없이 스튜어디스에 대한 꿈은 포기했지만 나중에 연수를 받고 나름대로 꿈을 이룰 수가 있었지 않습니까?

저희 집은 1억 엔 빚을 지기 전까지만 해도 갈빗집과 간이식당, 스낵바와 같은 장사를 크게 하고 있어 행세 꽤나 했습니다. 아버지는 지역 상공회의소의 부회장까지 맡아 주위 사람들로부터의 신망도 두터웠고 어쨌든 좋은 시절이었지요. 반면 어머니는 자그마한 체격으로 가게를 꾸려나가며 멋지게 키워 1억 엔의 빚을 모두 갚았습니다. 나는 역경에 굴하지 않는 정신력과 일에 대한 원동력을 부모님으로부터 배웠다고 생각하며, 그래서 나는 어지간한 일에는 좌절하지 않을 자신이 있습니다.

비행기는 이륙하는 순간 가장 많은 에너지를 필요로 하지만, 일단 이륙을 하고 나면 연료가 떨어지지 않는 한 계속 날아갈 수 있지요.

이륙할 때 활주로의 거리는 한정되어 있습니다. 그럴 때 잠시 주저하기라도 한다면 이륙에 실패하고 바다 속으로 빠지거나 지상을 뱅뱅 돌기만 할 것입니다.

내가 이제껏 만나온 경영자나 영업사원들 대부분은 이렇게 타이밍을 놓치고는 '그때 떴어야 했는데……' 하며 후회하면서 결국에는 도약하지 못하더군요.


나는 영업에 대한 경험이 전혀 없던 서른다섯 나이에 사원교육연구소에 입사를 했는데, 그때까지 수없이 많은 회사에 시험을 쳤습니다. 하지만 나를 받아주는 회사는 어디에도 없었습니다. 서른

넘은 여자, 게다가 신입사원이나 마찬가지인 사람이 일자리를 찾는다는 것이 얼마나 어렵다는 사실을 나는 그때 절실하게 깨달았습니다. 그렇기 때문에 나를 뽑아준 회사에서 '이 기회를 놓치면 더 이상 희망이 없다. 바로 지금 도약하지 않으면 안 된다.' 고 마음먹고 나는 죽을 각오로 열심히 노력했지요.

나에게는 경험도 인맥도 없었지만 아버지로부터 배운 장사 비법과 어머니로부터 물려받은 오사카 사람 특유의 근성이 있었습니다.

그래서 나는 활주로 같은 것은 거의 무시하고 단번에 드넓은 창공으로 도약할 수가 있었던 것입니다.

**Point**

내가 아무리 노력을 한다 해도 남과 과거는 바꿀 수 없는 법입니다. 바꿔 말하면 자신과 미래는 얼마든지 바꿀 수 있다는 이야기인 것입니다. 이와 같이 마음가짐이 달라지면 운명까지도 바꿀 수 있습니다.

# 48

## 미래의 자화상을 그려라

어렸을 적에 '치에코는 나중에 커서 무엇이 되고 싶니?' 하는 질문을 받으면 나는 주저 없이 역사에 이름을 남길 만한 사람이 되겠다고 대답했습니다.

그 말을 옆에서 듣고 있던 어머니께서는 '넌 참 꿈도 크구나' 하시며 대견하다는 듯이 웃어주셨지요. 만약 그때 '뭘 꿈이 그렇게 크니?' 하고 대수롭지 않게 웃어넘겼다면 나는 꿈도 제대로 꾸지 못하는 아이가 되었을지도 모릅니다.

이제 나는 더욱 당당하게 사람들 앞에서 나의 꿈을 이야기할 수 있는 어른이 되었지요.

예를 들면, 2004년을 시작하면서 나는 수첩에 다음과 같은 내용을 적어두었습니다.

나는 세계에서 제일가는 영업 컨설턴트가 되겠다.

나는 일관성 있는 삶을 살겠다.

나는 세계에서 제일 행복한 사람이 되겠다.

나는 내가 하고 싶은 일을 하겠다.

나는 부모님께 효도하겠다.

나는 일본에서 제일가는 여성 창업가가 되겠다.

나는 엄청나게 운이 좋은 사람이다.

나에게는 좋은 일만 생긴다.


주위 사람들로부터는 이런 낯 간지러운 글을 참 잘도 쓴다는 이야기를 듣지만 그래도 나는 상관없습니다. 나는 부끄러운 말도 스스럼없이 하는 사람이니까요. 게다가 그렇게 글로 직접 써봄으로 해서 그 내용이 잠재의식 속으로 스며들어 결국에는 꿈이 실현되게 되니까 그렇게 하지 않을 수가 없지요.

여러분의 주위에도 있을 거라고 생각하는데, 변화하고 싶다고 입버릇처럼 떠들어대는 사람들일수록 세월이 흘러도 전혀 변하지 않습니다. 설사 변하고 싶은 생각이 있다 하더라도 목표가 명확하게 서 있지 않으면 바뀔 수 없는 법입니다.


사원교육연구소를 그만둔 후 나는 네트워크 비즈니스에 도전하였습니다. 그때 본거지인 미국에서 열린 대회를 참관하러 갔는데,

그때 받은 충격은 이루 말로 표현할 수 없을 정도였습니다.

특별한 인물이 아닌 지극히 평범한 사람이 최고 타이틀을 획득하고 나서 전 세계에서 모인 만 오천 명 앞에서 연설을 하는데, 그 모습이 너무나도 눈부셨습니다.

나도 사원교육연구소에서 250명의 영업사원들 중 최고의 자리에 올라섰을 때는 눈물이 날 정도로 기뻤지요. 저 사람들도 그와 똑같은 감동을 저 단상에서 맛보고 있겠구나 생각하는 순간 직감적으로 '내년에는 내가 저 무대에 서 있을 거야. 빨간 드레스를 입고 말이야.' 그런 예감이 들었습니다.

그런 모습을 계속 떠올리면서 나는 1년 동안 필사적인 노력을 기울였습니다.

그리고 목표한대로 1년 후에는 정말로 빨간 드레스를 입고 단상에 서서 많은 사람들 앞에서 연설을 할 수 있었지요. 만약 그 당시 미래의 꿈을 머릿속에 떠올리지 않았다면 나는 분명 그 상을 타지 못했을 것입니다.

이렇게 미래의 모습을 그려보는 것이 얼마나 중요한지 이제 아시겠지요?

자신의 꿈에 대한 정리가 끝났으면 이제는 자신이 좋아하는 것을 써 보도록 합시다. 나의 경우는 이런 식이었지요.

나는 나를 너무 좋아한다.

나는 사람들을 좋아한다.

나는 영업을 좋아한다.

나는 남들 눈에 띄는 것을 좋아한다.

나는 남들로부터 신뢰받고 사랑받는 것을 좋아한다.

나는 남들 앞에서 이야기하는 것을 좋아한다.

나는 멋 부리는 것을 좋아한다.


사람들은 자신에 대해서 잘 알고 있는 것 같으면서도 의외로 알지 못하는 법인데, 이렇게 글로 써 놓고 읽어보면 희미했던 자신의 모습이 확실하게 떠오르지요. 그리고 '내가 이런 것도 할 수 있네.' 하고 자기 자신에게 흥미를 갖게 됩니다.


이 정도까지 되면 이제 여러분도 훌륭한 자기 마니아(mania)이며 점점 달라져 가는 자신으로부터 눈을 뗄 수 없게 될 것입니다.

꿈은 머릿속에 담아두기만 해서는 단순한 꿈에 지나지 않습니다. 여러분도 직접 글로 써보고 읽어보고 그 꿈을 실현해 보시기 바랍니다.

**Point**

변화하고 싶다고 입버릇처럼 떠들어대는 사람들일수록 세월이 흘러도 전혀
변하지 않습니다. 자신의 미래의 모습을 글로 직접 써서 읽어봄으로써 잠
재의식 속으로 스며들어 마침내 꿈이 실현되는 것입니다.

글을
맺으며

이 책을 끝까지 읽어주신 독자 여러분께 우선 진심으로 감사의 말씀을 드립니다.

정말 고맙습니다.

서비스라는 말의 원래 의미는 남에게 봉사하는 마음에서 우러나는 접대를 말하며, 항상 상대방의 입장과 기분을 헤아려 자발적으로 표시나지 않게 넌지시 상대방을 위해 노력하는 것이라고 생각합니다.

나는 영업을 할 때나 인생을 살아갈 때도 이러한 봉사정신이 아주 중요하다는 것을 절감했습니다.

상대방의 기분을 배려할 줄 아는 사람, 나는 그런 사람이 되고 싶습니다.

성의라고 할 때의 '성(誠)' 이란 '자기가 말한(言) 것을 이룬다(成).' 는 의

미입니다.

항상 자신감을 가지고 일관성 있게 포기하지 말고 끊임없이 도전해야 합니다.

인생의 조종간을 잡는 사람은 다름 아닌 여러분 자신입니다. 후회 없이 최선을 다해 삽시다!

두 번 다시 살 수 없는 인생, 절호의 기회를 놓치지 말고 최선을 다해 도전합시다!!

이 책을 출판하는데 많은 도움을 주신 변호사 다카이 노부오 선생님과 고단샤(講談社)의 마루키 아키히로 국장님, 편집을 도와주신 우에오카 야스코 씨, 작가 후지카와 가에데 씨, 그리고 나의 소중한 직원들에게 진심으로 감사를 드립니다.

마지막으로, 항상 나를 뜨거운 사랑으로 지원해주고 응원해주시는 부모님께 고맙다는 말씀을 전하고 싶습니다.

2004년 11월

아사쿠라 치에코

**지은이**

## 아사쿠라 치에코(Chieko Asakura)

1962년 오사카에서 출생하였다. 초등학교 교사와 세무사사무소, 증권 파이낸스 회사 등을 거쳐 1997년 지옥훈련으로 유명한 (주)사원교육연구소에 입사하였다. 2000년 연 매출 1억 엔을 달성하여 톱세일즈상을 수상하였고, 2001년에 독립하여 아사쿠라사무소를 설립, 2004년 (주)신규개척을 설립하고 대표이사 사장에 취임하였다. 현재는 사원교육 컨설턴트로서 전국적으로 사원 연수와 영업 지도, 강연 등을 적극적으로 실시하고 있다. 강연 및 연수 내용이 즉시 영업실적으로 나타나는 것으로 유명하여 기업들로부터 높은 평가를 받고 있으며, 반복 계약률 100%를 자랑하고 있다. 또한 여성들의 자립을 지원하는 '톱 세일즈레이디 양성학원'을 개설하여 일하는 여성들의 응원단장으로서 여성들의 진정한 자립을 촉진하기 위하여 후진 육성에 매진하고 있다. 우리나라에 소개된 저서로 『당신은 뭐든지 팔 수 있다』(형설)가 있다. 『이상하게 설득력이 있는 세일즈 대화의 비밀』, 『세일즈는 여자들에게 맡겨라』, 『첫 대면 1분 만에 물건을 사게 하는 기술』, 『아사쿠라식 비즈니스 전서』 등이 있음.

- - - - - - - - - - - - - - - - - - - - - - - - - - - - - - - - - - - -

**옮긴이**

## 이봉노

한국외국어대학 졸업. 광덕물산, 금홍양행 등에서 일본 영업팀으로 20년간 근무한 뒤 현재 한국사이버 번역아카데미 일본어 강사 및 일본어 전문번역가로 활동하고 있다.

# 35세의 인생대역전

**지은이** | 아사쿠라 치에코

**옮긴이** | 이봉노

**초판 1쇄 인쇄** | 2005년 5월 20일

**초판 1쇄 발행** | 2005년 5월 25일

**펴낸이** | 최용선  **펴낸곳** | 도서출판 **북뱅크**

**등록** | 제 1999-6호

**주소** | 인천광역시 부평구 십정동 418-4 교근빌딩 302호

**전화** | (032)434-0174 / 441-0174

**팩스** | (032)434-0175  **메일** | bookbank@unitel.co.kr

**ISBN** | 89-89863-35-X : 03830